KB121058

02

작 가 수 업
오 탁 번

병아리 시인

作

家

授

業

02

오탁번 지음

작 가 수 업
오 탁 번

병아리 시인

다선
책방

차 례

―하날때, 두알때, 사마중, 날때,

육낭거지, 팔때, 장군, 고드래뿅!

술래를 정하느라고 떠드는 소리가

토란잎 때리는 빗방울처럼 영롱한데

가위, 바위, 보 잘못 내는 바람에

에이 참, 그만 내가 술래가 된다

―꼭꼭 숨어라 머리카락 보인다!

가쁘게 외치고 나서

동동걸음으로 숨은 동무들을 찾는데

빨랫줄에 앉은 고추잠자리만

제풀에 날아올랐다 이내 앉는다

일렁이는 감나무 그림자도

굴뚝새 날아오는 검은 굴뚝도

이냥 아슴푸레해지는 해거름,

저녁놀 반짝이는 장독대 사이로

나붓나붓 순이 머리카락이 보인다

까치걸음으로 몰래 다가가서

바둑머리를 톡 때리자

혀를 날름대며 나를 놀린다

―일부러 잡혀준 거야! 메롱!

숨을 데를 찾으며 생각해본다

―쟤처럼 나도 그냥 잡혀줄까?

뒤안으로 뛰어가 토란잎 뒤에

궁둥이가 다 보이게 숨었는데도

순이는 나를 단박에 잡지 않는다

나 혼자 괜히 좀이 쑤시는 사이

나비 한 마리 내 뺨에 살포시 앉는다

―「술래잡기」 전문

나는 지금도 우리말의 맛과 멋을 오체투지하면서 찾는다.
하날때! 두알때! 사마중! 날때! 육낭거지! 팔때! 장군! 고드래뽕!
시야! 너 어디 숨었니?

1부
_____

내 문학의 요람

너무 외롭고 가난했다

문학을 하는 행위에 대하여 요즘처럼 절실하게 고민해본 적이 없다. 스스로 생각해보아도 나는 어쩔 수 없이 어떤 벼랑 끝에 홀로 서 있는 절박한 처지에 빠져서 이제는 오도가도 뛰어내릴 수도 없는 꼴이 되었다.

지금까지의 사랑과 슬픔을 후회해본들 무엇을 할 것이며, 또한 그것이 가능하기나 한 것인가. 이제야말로 절체절명의 벼랑 끝에 서서 스스로의 어제와 오늘을 눈물겹게 바라보며 지금까지의 지은 죄를 갚기 위해서라도 앞으로 잘해야 한 십 년 살아갈 궁리를 안 해볼 수가 없는 것. 오늘 하는 이야기는 어쩌면 나의 자전적 서사구조를 띤 시나 소설보다도 더 절실한 내 문학의 핵심이 될지도 모르겠다.

나는 1943년 충북 제천에서 태어났다. 제천시와 충주시의 경계가 되는 백운면 평동리 169번지. 이곳이 나의 출생의 번지이며 미구에 다가올 내 주검의 번지이다. 세 살 때 아버지가 돌아가시고 4남 1녀의 막내로 자란 나는 목숨을 제대로 부지하기도 어려워 보일 만큼 눈깔만 화등잔만큼 큰 아이로 영양실조의 유년기를 보내었다. 아버지에 대한 기억은 없으나 다만 한 가지, 병풍 아래 꽃이불을 덮고 누운 어떤 어른이 나에게 손을 내밀었지만 그에게로 가지 않고 울면서 엉금엉금 도망친 기억이 있는데 훗날 어머니의 기억과 합작을 해보았더니 바로 그 희미한 그림자같이 누워 있는 어른이 '아버지'였다는 것이다. 그러나 세 살 때 일을 기억할 수 있다는 말이 사실인지 아닌지 나는 잘 모르겠다.

아버지 제사를 지낼 때의 추위와 배고픔은 소년시절부터 소중한 슬픔이 되어 알게 모르게 내 문학의 밑그림이 돼왔을 것이다. 다음 시에 나오는 '아버지'는 상상 속의 심상이지만 내가 무의식에서나마 원하던 아버지의 원형이라고 할 수 있을 것이다. 부재(不在)에 대한 그리움은 혹독한 고독 그 자체였을 것이다.

감나무에서 감잎 뚝뚝 떨어지는 소리
아버지의 두루마기 소맷자락에 이는
기러기 날아오는 가을 하늘 더 푸르다

텅 빈 들녘 송장메뚜기 한 마리
간고등어 한 손 든 아버지의 흰고무신코
살진 집짐승 여물 먹는 소리가 정겹다

버들치 헤엄치는 여울목에 빠진 가을달
반짇고리에 놓여 있는 은반지의 흰 입술
쥐오줌자국 난 벽에서 잠자는 씨옥수수

어머니의 가을 옷섶 따스한 저녁연기
호랑나비인 양 가벼운 굴뚝새 한 마리
감잎 뚝뚝 떨어지는 가을이 마냥 깊다

—「가을」전문, 시집 『1미터의 사랑』(시와시학사, 1999)

　충북 제천시 백운면이 고향인 내가 제천이나 충주에서 중학을 다
니지 않고 강원도 원주로 진학한 것을 두고 요즘 사람들 중에는 내가
부잣집 아들이라서 큰 도시로 유학을 한 줄 알고 있는 경우가 있다.
백운면은 충주와 제천의 경계에 자리잡은 곳으로 북쪽 백운산 너머
는 바로 강원도 원주 땅이다. 원주시의 신림면 흥업면 귀래면이 제천
의 백운면과 붙어 있다.
　6·25전쟁이 나자 인민군들이 진주했지만 총소리 한 번 나지 않았

백운국민학교 졸업사진(1957)

백운국민학교 제1학년 수업장과 성적표
(1952)

백운국민학교 제1학년 우등상장
(1952)

다. 그러나 가을이 되어 다시 국군이 수복할 무렵 후퇴하는 인민군과 전투가 일어나서 방공호에 들어가 숨기도 했다. 겨울에 다시 국군이 후퇴하는 바람에 우리 집도 충주-문경-상주까지 엄동설한에 피난을 가게 되었다. 이듬해 봄 고향으로 돌아왔을 때 우리 동네는 모조리 불에 타서 잿더미가 되어 있었다. 미군들이 무슨 군용비행장을 닦는다고 집과 전답을 모조리 불태우고 갈아엎어버린 것이다. 그러곤 중공군이 후퇴하면서 전선이 북쪽으로 옮겨가자 그대로 방치되었기 때문에, 우리 집뿐만이 아니라 온 동네가 모두 기아걸식의 나락으로 떨어져버린 것이었다.

초등학교에 입학한 아이들은 유엔에서 원조해준 쌀로 흰죽을 쑤어 아침밥으로 주는 학교에 부지런히 나갔다. 공부하러 다니는 게 아니라 죽을 얻어먹으러 다닌 셈이었다. 찐 우유와 흑설탕도 배급으로 받아왔고 어른들은 산나물을 뜯어서 죽을 쑤었다. 아침을 먹고 오는 학생은 한 학년에 두 명도 안 되었다. 언제나 아침밥을 굶고 학교에 가서 멀건 흰죽을 한 그릇 얻어먹는 게 고작이었다. 전쟁이 왜 일어났는지도 모르는 아홉 살이었던 나는 저녁이면 어머니가 끓여주는 산나물죽을 먹었다. 산나물 냄새가 독해서 내가 보채며 잘 먹지 않으면 위의 형들이 자기들 죽그릇에서 쌀이나 보리밥 건더기를 한 숟가락씩 떠서 내 죽그릇에 넣어주곤 했다. 절체절명의 궁핍이었다. 전염병이 돌면 아이들이 맥없이 쓰러졌다.

외로움과 가난 속에서도 소년이 꿈꾸는 아름다운 세상이 내재해 있었나 보다. 소년시절을 회상하면서 쓴 시가 따뜻한 어조로 당시를 회상하고 있는 걸 보면 '외로움'과 '가난'이 오히려 시적 상상력을 눈 뜨게 하는 불쏘시개가 됐는지도 모른다.

나의 시와 소설에는 천등산과 박달재가 많이 등장한다. 천등산은 마치 '큰바위얼굴'처럼 어린 날의 나를 줄곧 지켜보면서 키워왔다는 생각을 자주 한다.

천등산을 바라보며 어린시절을 모두 보냈다 산은 편안하게 강 건너 멀리 앉아 있었다 흐린 날이면 이마를 구름으로 가리고 비가 오면 비 뒤에 숨었다 산불이 났을 때 아무도 산에 올라가 볼 엄두 도 못 내고 동네가 두런두런 두려움으로 납작해졌다

밤이 되면 박달재를 넘어 흑인병정들이 여자사냥을 나왔다 헬 로! 쪼꼬레뜨 기부미 기부미! 후렛쉬를 번쩍이며 여자를 찾는 병정 들을 따라다니며 나는 손을 내밀었다 재수가 좋은 날은 하나 얻어 먹었다 어른들은 밤늦도록 잎담배만 말아 피웠다

천등산 산불이 아침이면 저절로 꺼져서 햇빛 속에 빛나는 것도, 내 뱃속에 들어간 쪼꼬레뜨가 동네여자들의 몸값이라는 것도 나는 몰랐다 누룽지를 달라고 보채다가 부지깽이로 얻어맞고 눈물 흘리 며 바라보면, 높고 평화로운 산이 미웠다 돌멩이를 걷어찼다 발톱

이 아파서 깨금발로 뛰기만 했다

  어두운 술집 모퉁이에서 천등산 박달재를 흥얼거리는 지금도 나는 잘 모른다 천등산의 산불도, 동네에 자욱했던 잎담배의 연기도, 숯처럼 까만 아이를 낳아 젖을 물리던 창덕이 엄마의 한숨도, 나는 하나도 모른다 천등산이 나의 이마 높이로 와 닿아 있고 박달재의 긴 구렁 짧은 구렁이 내 가슴까지 와 있다는 것을 그저 눈곱만큼 눈치채고 있을 뿐, 정말이다 하나도 모른다 몰라!

             —「**천등산 박달재**」 전문, 시집 『**너무 많은 가운데 하나**』(청하, 1985)

천등산은 밤이 되면 등고선(等高線)이 부풀어올랐다
그해 여름 병정들의 삼륜 오토바이가
밤마다 키가 크는 천등산 고개를 넘어갔다

병정들은 천등산 속으로 들어가 山이 되었다
자작나무처럼 얼굴이 흰 진외육촌형도
천등산 속으로 들어가서 돌아오지 않았다

가으내 천등산에는 산불이 났다

하늘로 퍼져오르는 자작나무 타는 연기가
진외육촌형이 흔드는 흰 손수건 같았다

—「천둥산」 전문, 시집『손님』(황금알, 2006)

삼륜 오토바이를 탄 병정들은 북한 인민군이다. 여름에 천둥산 다
릿재를 넘어 남녘으로 질주하던 인민군들은 가을이 되자 국군에게
쫓겨서 다시 후퇴를 했는데, 미처 달아나지 못한 병정들은 천둥산 속
으로 숨어서 게릴라가 되었다. 의용병으로 붙잡혀갔던 진외육촌형들
도 그들을 따라 천둥산 속으로 숨었는지 다시는 돌아오지 못했다.

바둑아 바둑아
이리 오너라
나하고 놀자
— 국민학교 1학년 국어시간

어미개 때려 잡아서
가마솥에 삶아 먹는
어른들
— 국민학교 1학년 하굣길

문학을 하는 행위에 대하여 요즘처럼 절실하게
고민해본 적이 없다. 스스로 생각해보아도 나는 어쩔 수 없이
어떤 벼랑 끝에 홀로 서 있는 절박한 처지에 빠져서
이제는 오도가도 뛰어내릴 수도 없는 꼴이 되었다.

제 어미가 죽은 줄도 모르는
바둑이가
몽당연필 따라
마분지 공책 위에서
깡종깡종 나하고 논다
— 국민학교 1학년 국어숙제

어른들은
개고기 먹고 술에 취해
쿨쿨 잔다
— 국어숙제 끝

— 「국민학교 1학년 오탁번 생각」 전문, 시집 『1미터의 사랑』(시와시학사, 1999)

이 시는 초등학교 시절의 풍경을 있는 그대로 재현한 것인데, 그
당시 우리가 받았던 교육이 얼마나 현실과 동떨어졌나를 잘 보여준
다고 할 수 있다. 동물을 사랑하는 동심을 고취시키는 국어교과서의
내용이 너무 터무니없는 것이다. 동네 어른들은 개를 때려잡아서 보
신탕을 해먹는데 학교에 가면 늘 "바둑아 바둑아 이리 오너라/ 나하
고 놀자"라고 배웠으니 아이들의 눈에 비친 모순의 현실이 오죽하였

을까. 당시의 국어교과서는 분명 해방 후 미군정청에서 졸속으로 교과서를 만들면서 서양의 교과서를 그대로 옮겨놓은 것이었다. 나는 이 사실을 1980년대 초 미국에 1년 동안 객원교수로 가 있을 때 처음 깨달았다. 하버드대학이 있는 케임브리지의 길거리 전봇대나 보스턴 글로브라는 신문에도 집 나간 아들 딸 찾는 광고는 하나도 없고 온통 집 나간 개와 고양이 찾는 광고뿐인 걸 보고, 내가 배운 국어교과서가 완전 사기라는 걸 알았다.

몰래 찾아온 첫사랑

첫사랑은 아름답다. 가난하게 자라면서도 나는 늘 어떤 사랑을 갈구했는지도 모른다. 어머니의 극진한 사랑을 받으면서도 또다른 사랑을 찾고 있었던 것일까.

내 시에 나타난 '첫사랑'의 흔적은 모두 '누나'의 이미지와 연관돼 있다.

1

개구리밥 자라는 둠벙가에서
눈 깜박이며 살레살레 고개 젓는
애기똥풀의 가녀린 꽃잎 위로
문득 떠오르는

진외육촌 누나의 얼굴이여
아직 눈도 못 뜬 내 사타구니에
새끼 자라의 연한 살결 간지럼 태우며
애기똥풀 감황(柑黃)빛 꽃물 발라주던
누나의 눈웃음이
봉숭아물 곱게 든 손톱만큼 예뻤다
둠벙도 먼 강물도 꿈꾸지 못하는 나에게
누룽지처럼 맛있는
추억의 한 페이지를 마련해주고 떠난
누나여

2

새끼 자라가 눈을 뜨고 둠벙에서 나와
흐린 강물 헤엄치며 불러보아도
이젠 영영 보이지 않는
땀방울 송송 맺히던
진외육촌 누나의 얼굴이여
간장 종지만한 젖가슴도
쥐이빨 옥수수 같은 앞니도
세상의 강물 속으로 다 사라져 버렸다
추억의 빈 공책 빛바랜 페이지에서

옹알옹알 속삭이며
그때 그 어린 눈망울로
내 사타구니의 다 큰 자라가 미운 듯
말똥말똥 눈 흘기는 애기똥풀이여
누나여

—「애기똥풀」 전문, 시집 『1미터의 사랑』(시와시학사, 1999)

「애기똥풀」이라는 시에 나오는 진외육촌 누나는 나보다 두 살 위인데 예닐곱 살 무렵에 동네 아이들을 데리고 골목대장 노릇을 잘 했다. 이웃에 사는 진외육촌 누나는 어느 봄날 애기똥풀 꽃이 피었을 때 꽃을 꺾더니 뚝뚝 떨어지는 샛노란 꽃물을 나한테 발라주었다. 바지를 까내리게 하고 내 꼬추에다가 말이다. "아직 눈도 못 뜬 내 사타구니에/ 새끼 자라의 연한 살결 간지럼태우며/ 애기똥풀 감황빛 꽃물 발라주던/ 누나의 눈웃음이/ 봉숭아물 곱게 든 손톱만큼 예뻤다" 라고 노래한 것을 보면 진외육촌 누나의 성희롱을 나는 내 생애의 첫 번째 첫사랑으로 껴안으며 소년시절을 보낸 것 같다.

나의 두 번째 첫사랑은 선생님과의 사랑이다. 사제간의 사랑은 불륜이지만, 「영희누나」라는 시를 보면 이게 나의 두 번째 첫사랑이라는 것을 부인할 수 없게 된다.

3학년 때 충주사범을 갓 졸업한 권영희 선생님이 새로 부임하여 우리 학년 담임을 맡았다. 우리 동네에 방을 얻어 자취를 하면서 교편생활을 하던 권 선생님이 어느 날 하굣길에서 나에게 이렇게 말하는 것이었다.

"탁번아. 내 동생 되지 않을래?"

일찍 어머니를 여의고 사변 때 아버지마저 돌아가시고 오빠 하나뿐인 권 선생님은 평소에도 우리 집에 자주 와서 우리 어머니를 잘 따랐고 온 식구들과도 스스럼없이 지내는 사이였다. 그후 권영희 선생님은 우리 집의 큰딸이 되었다. 학교에 가면 '선생님'이고 집에 오면 '누나'가 된 것이었다. 점심시간 도시락을 먹을 때면 다른 아이들은 짠지에 콩자반을 해서 먹었지만 누나는 나에게 삶은 달걀도 몰래 건네주곤 하였다.

나의 시 「영희누나」는 '담임교사'에서 '누나'로 변용되는 서사적 사실을 그대로 기록한 것이면서도 내 문학의 운명 같은 것이 나도 모르는 사이에 암시되어 있는 작품이다. 한국전쟁이 터지는 바람에 아홉 살에 입학을 했으니까 그때 나는 열한 살, 영희누나는 스물한 살이었다. 한국전쟁 때 부모가 돌아가셔서 오빠와 남매뿐이라면서 나의 어머니를 '어머니'라고 부르게 되었다. 우리 집과 가까운 데 혼자 방을 얻어 자취를 하는 누나는 천둥번개 치는 밤이면 무섭다면서 나를 오라고 해서 함께 자곤 했다. 봉싯봉싯한 누나의 젖가슴에 얼굴을 묻고 나는 쌔근쌔근 잠이 들었다. 아니, 이건 거짓말이다. 어떤 때는 잠이 든 척하면서 침을 꼴깍꼴깍 삼키면서 뭔지는 알지도 못하면서 나는 이성에 눈을 뜨고 있었다고 해야 바른 말이다. 나하고 딱 열 살 차이의 누나였다. 나는 열한 살, 누나는 스물한 살이었다.

내가 백운국민학교 3학년이었을 때
충주사범을 갓 졸업한 권영희 선생님이
나의 담임교사로 부임해 왔다
내 생애의 한복판에 민들레꽃으로 피어서
배고픈 열한 살의 나를 숨막히게 했다
멀리 솟은 천등산 아래 잠든 마을에
풍금을 잘 치는 예쁜 여교사가 왔다
어느 날 하굣길에 개울의 돌다리를 건너며
들국화 한 송이 가리키듯 나를 손짓했다
—탁번아 너 내 동생되지 않을래?
 전쟁 때 부모가 다 돌아가시고
 오빠도 군대에 가서 나는 너무 외롭단다
선생님이 누나가 되는 정말 이상한 일이
아무렇지도 않은 듯 일어났다
송화가루 날리는 봄 언덕에서
나는 산새처럼 지저귀며 날아올랐다
—누나다 누나다 선생님이 이젠 누나다
영희누나다 영희누나다

개울물 반짝이는 평장골 뒷개울에서도
고드름 떨어지는 겨울 한나절에도
누나와 동생으로 꾸는 꿈은
솔개그늘처럼 아늑했다
영희누나가 있으면 배고프지 않았다
울지도 않고 숙제도 잘했다
영희누나한테 착한 어린이가 되지 못한 날은
꿈속에서 벌서며 오줌을 쌌다

—「**영희누나**」 전문, 시집 『**겨울강**』(세계사, 1994)

"충주 사범을 갓 졸업한 권영희 선생님이/ 나의 담임교사로 부임해 왔다/ 내 생애의 한복판에 민들레꽃으로 피어서/ 배고픈 열한 살의 나를 숨막히게 했다"라는 표현을 보면 나는 그때 이미 '영희누나'와 내 생애가 운명의 끈으로 묶여 있다는 것을 예감했던 모양이다. 사랑은 운명처럼 아무도 모르게 오는 것이다. 밤송이 머리를 한 어린 녀석이, 뭐, "숨 막히게"라니?

지난 번에 여든 살이 넘은 영희누나가 사는 춘천에 다녀왔다. 누나는 치매에 걸려 오늘 낼 하는 처지였는데, 나를 보자, "탁번이 왔니?" 하더니 좀 지나자 네 이름이 뭐냐고 물었다. 기억의 저편 언덕에 땅거미가 짙게 내리고 있었다. 간병사가 와서 대소변을 받아내고 있었는

첫사랑은 아름답다.
가난하게 자라면서도 나는 늘 어떤 사랑을
갈구했는지도 모른다.
어머니의 극진한 사랑을 받으면서도
또다른 사랑을 찾고 있었던 것일까.

데, 내가 잠시라도 다른 사람과 말을 하면 금방 짜증을 내면서 "나하고만 얘기를 하라니깐!" 했다. 오, 하느님! 우리 누나를 살려주세요.

6학년 때 조중협 교장선생님이 새로 부임해 오셨다. 콧수염을 살짝 기른 무서운 선생님이었는데 방과 후에 문예반 지도를 직접 하셨다. 학년마다 우등생을 뽑아서 교장 선생님이 직접 글짓기 지도를 하신 것이었다. 어느 날 내가 쓴 글을 칭찬하시더니, 월요일 전교생 조례시간에는 나를 칭찬하시며 무슨 상장까지 주셨다. 기억을 되살려보면 교장선생님이 칭찬해주신 그때 내가 쓴 글은 아주 짤막한 것이었는데, "바람이 옥수수 잎을 어루만지며 지나갑니다"라는 글귀였다. 그분은, 내가 커서 알게 되었는데, 「낙동강」을 쓴 작가 포석 조명희의 조카 되는 분으로 문학에 뜻을 둔 선생님이었다. 때문에 그런 시골학교에서 교장의 신분으로 문예반을 만들어 학생들을 직접 지도까지 하시는 열정을 보이셨던 것이다.

6학년 1학기에 권영희 누나가 결혼을 해 사표를 내게 되었다. 누나의 오빠는 원주에서 살고 있었는데, 육군 경리부에 근무하는 장기복무자였다. 누이동생과 함께 충주사범을 졸업하고 입대하여 결혼도 한 군인이었다.

6학년 2학기 어느 날 원주에 가 있던 영희누나가 우리 집에 왔다. 그러고는 어머니에게 나의 중학교 진학문제를 물어보는 것이었다. 당시에는 초등학교를 졸업하면 그저 농사짓다가 나이 들면 군대에 가는 거였지 우리 집 형편으로는 충주나 제천 읍내로 진학을 한다는 것은 꿈도 꾸지 못할 일이었다. 부잣집 아들 한두 명이 진학을 하면 그게 다였다. 나도 중학교에 보내달라고 조르지 않았다.

"원주중학으로 보내세요. 오빠네 집에서 다니면 돼요. 입학금도 오빠가 내준댔어요."

누나는 어머니에게 이렇게 말했다. 나는 중학교 진학이 무슨 의미가 있는지도 몰랐지만 누나의 말을 듣는 순간 입이 딱 벌어졌다. 어머니는 물론 우리 집 식구들도 다 놀랐다.

치악산 산 그림자

치악산은 천등산보다도 더 무서웠다. 당시에도 우수학생 무시험 진학제도가 있어서 나는 원주중학교에 무시험으로 합격이 되었다. 시골학교이기는 해도 6년간 내리 1등을 하고 도지사상까지 받았으니 무시험으로 합격할 수 있었던 것이다. 입학식 날 금빛 '中'이라는 모표가 붙은 모자를 쓰고 등교할 때 나는 하늘로 날아가는 것 같은 기분이었다. 이날 중학교 모자를 쓰고 입학식 날 등굣길에 서 있는 '나'가 그 순간부터 생각하지도 못할 운명의 길로 접어들고 있었다는 사실을 까까머리 어린아이로서는 정말 알 수가 없었다. 농사짓고 지게 지고 나무 하는 '나'가 되는 게 내 인생의 궤도였을 텐데, 영희누나로 인해 전혀 엉뚱한 길로 접어들고 있었던 것이다.

입학식이 끝나고 반 편성 시험을 보게 되었다. 당시 원주는 규모가 큰 군인도시였으므로 원주중학교는 한 학년이 여섯 반이나 되었고, 일반 전형의 경우 몇 대 일의 경쟁을 치르고야 합격할 수 있었다. 다음날 학교에 갔더니 나는 5반에 편성이 되었다. 아, 이젠 반장을 하지 않아서 좋겠구나. 초등학교 내내 반장을 하느라고 장난도 치지 못하고 지냈는데 이제 원주에는 아는 친구들이 아무도 없으니 맘껏 놀면서 학교에 다닐 수 있겠다. 그런 생각을 했다.

담임선생님이 교실에 들어오더니 한마디 했다.

"오탁번! 네가 임시반장이다."

나중에 알고 보니 360명 중에서 내가 5등을 한 것이다. 이렇게 하여 나는 중학교 3년 동안 또 반장을 하게 되었다.

백운초등학교 같은 시골학교를 나온 학생은 아무리 1등짜리라도 읍내로 진학하면 반에서 5등하기도 바빴는데 전교에서 5등이라니! 우리 집은 물론 내가 졸업한 초등학교에서도 모두 놀랐다. 특히 어머니는 당신의 믿음이 증명되었다는 듯 숙연한 표정까지 짓는 것이었다. 세 살에 아버지를 여의고 4남1녀의 막내로 어머니의 애틋한 사랑을 받으면서 자란 나는 어머니의 유일한 꿈이었는지도 모른다.

좋은 환경에서 자라 일류학교를 수석으로 입학, 졸업하고 일류대학을 수석으로 합격하는 천재나 이름난 수재의 경력이 있는 사람한테는 우습게 들리겠지만, 백운초등학교를 나온 시골뜨기가 대도시 원주중학교에 5등으로 들어갔다는 것은 내 고향에서는 잊히지 않는 토픽이 되었다.

1학년을 마치고 나는 2학년 2반이 되었다. 1년간의 평균석차가 360분의 2였던 것이다. 그리고 이때부터 중학교를 졸업할 때까지 학교 옆에 방 하나를 얻어서 어머님이 나를 건사해주었다. 삯바느질을 하시고 치악산 발치까지 가서 땔나무를 해서 머리에 이고 오시면서 어머니는 오직 막내를 공부시키기 위해 온 정성을 기울이셨다. 앞에서 말한 영희누나의 오빠가 철원으로 부대이동을 가는 바람에 나는 졸지에 학교를 그만두어야 할 처지가 되었던 것이다. 수업료는 면제받았지만 먹고 잠잘 데가 없어져버렸으니 학교를 다니기 힘들었다. 그때 어머니가 내 바로 위의 친누나를 데리고 아예 원주로 와서 어렵사리 방을 얻어 나를 뒷바라지해주었다.

그때 내 나이가 열여섯이었다. 결혼해서 춘천에서 신접살림을 차린 영희누나는 나보다 열 살 위, 겨우 스물여섯이었고 그 오빠인 영철형님은 서른 살도 채 안 된 청년이었다. 이런 청년들이 무슨 장학사업을 하거나 불우이웃을 도울 수는 없는 것 아닌가. 그냥 정(情)만으로 앞뒤 재지 않고 나를 중학교에 꼭 진학시켜야 한다면서 원주중학교에 입학시켜주었다. 나의 회갑 때 나온 『오탁번시전집』 출판기념회에 권영희 누나 내외를 초대하여 참석자들에게 소개한 일이 있다. 그날 일흔한 살 된 '영희누나'는 그 어느 천사보다도 더 아름다워 보였다.

내가 스물아홉 살에 대학의 전임이 된 이래 35년 동안 대학교수를 한 것을 두고 뭣도 모르는 이들은 내가 부잣집 아들이어서 일찍이 중

학교도 대도시인 원주로 유학을 간 줄 아는 사람이 많으니 참 기막힌
일이 아닐 수 없다.

  나 역시 그땐 어려서 잘 몰랐지만, 한번 다들 생각 좀 해보게나. 머
리는 좋아서 공부는 잘하지, 집이 가난해서 어머니가 땔나무를 해오
고 삯바느질을 하면서 뒷바라지를 하는 덕에 중학교를 다니는, 이 까
까머리 중학생의 근원적인 슬픔과 분노를! 또 집이 부자여서 구공탄
때고 석유곤로로 밥해먹고 아버지가 주는 돈으로 영어 참고서 사고
공책 사면서 공부한 이 세상의 모든 사람들에 대하여 내가 얼마만큼
처절하게 복수의 칼을 갈고 있었는지를 생각해보라. 부유하게 자라
면서 잘 먹고 잘 출세한 이 땅의 사람들아. 친일파의 자손으로 태어
나 남이 굶을 때 우유 먹고 치즈 먹다가 미국 유학을 해서 병역도 미
꾸라지처럼 빠져가며 출세하다가, 요즘에는 또 궁핍이나 소외를 외
치며 그것을 신분세탁의 도구로 사용하면서 언필칭 민족을 논하는
것들아.

  이렇게 하여 내 운명은 열네 살 소년의 뜻과는 상관없이 굴러가
기 시작했다. 국민학교 때도 공부야 그럭저럭 잘했지만 공부를 잘하
는 것이 무슨 의미인지도 모르던 나는, 중학교에 진학하여 전교에서
1, 2등을 다투면서도 바로 이 사실이 오늘날 나를 이 지경으로 만드
는 운명의 요소가 될 줄은 꿈에도 몰랐다. 내가 가졌던 소년의 뜻은
국민학교나 졸업하고 나무 하고 논밭일 하면서 가마니 짜고 새끼 꼬
는 그런 정도였지, 지금처럼 중뿔나게 작가다 교수다 하는 고민덩어

리가 되는 것과는 애당초 거리가 멀었다. 그러나 나는 중학교 공부가 꽤 재미가 있었고 3년 동안 반장을 할 정도로 이상하게 내가 처한 환경과는 다르게 상당히 그럴듯하게 꾸며져갔다.

치악산을 매일매일 바라보며 살았지만 그 당시에는 기아와 절망의 산으로만 보였다. 겨울이면 냉골이 어찌나 지독했던지 머리맡의 잉크병이 얼어서 터지곤 했는데, 잉크가 결빙하는 춥고 무서운 추억은 그 뒤 오늘날까지 나를 강인한 정신으로 묶는 매개가 되고 있다.

중학교를 다닐 때부터 시를 쓰고 이따금 『학원』에도 실려서 같은 또래의 꼬마 문인과 편지도 주고받으면서 지냈다. 같은 학년이던 마종하와는 함께 붙어살다시피 했고 강릉의 권오운, 장흥의 서종택, 오청석, 둔포의 한용환 그리고 서울의 정광숙과는 몇 번씩이나 편지를 주고받으면서 소년시절의 꿈을 키워나갔지만, 뭔가 큰 인물이 되기를 기대하는 어머니의 뜻이 언제나 가장 귀중했으므로, 예쁜 여학생을 보고도 한 번 휘파람을 불지 못하면서 자랐다.

오늘 나의 가슴은
눈 내리는 속에 펄럭이는 깃발입니다.

하늘 끝에서 끝까지
눈이 쏟아지고
눈송이 송이 담겨 내리는 조그마한 사랑들.

나의 가슴 속에

하아얀 사랑을 이루어 놓고

나 호올로에게 바쳐진 사랑들이

내 가슴 속 깊이 깊이

정다웁게 안겨집니다.

숱한 사랑들이 쏟아지고

숱한 사랑들이 내 깃발 안에 하얗게 안겨지는 오늘.

펄럭이는 나의 가슴 깃발 안에 안겨진

조그마한 나의 사랑들.

들리지 않는 고운 목소리로

깨끗한 사랑을 내 가슴에 속삭여줍니다.

오늘 나의 가슴은

나 호올로 눈송이에 담겨 내리는 사랑을 받으려는

눈 내리는 속에 펄럭이는 깃발입니다.

—「**오늘 나의 가슴은**」 전문(『**학원**』, 1958년)

＊원주중 2학년 때 발표, 활자화된 최초의 시.

옥수수는 하늘을 향해 치솟는
짙푸른 초록빛 생명입니다.

높다란 하늘을 우러러
기도하는 싱싱한 자세입니다.

더 높이 치솟아 오르려는 몸부림
초록빛 짙은 몸부림의 모습입니다.

새하얀 이빨 같은 꿈 알맹이들
몰래 가을의 꿈을 저 혼자 잉태한 모습입니다.

기어코 하늘을 꿰뚫어 보겠다는 맘
몸부림치는 싱싱한 맥박 소리입니다.

큰 잎사귀를 쳐들고
향기로운 햇살을 호흡하는 옥수수.

시원한 아침 바람이
옥수수 잎을 스치고 지나갑니다.

하늘을 향해 끝없이 치솟는

초록빛 숨소리입니다.

—「옥수수」 전문(『학원』 1959년 가을호)
*원주중 3학년 재학 중 발표.

중학교를 다닐 때 나에게는 한 가지 소원이 있었다. 영어와 수학 참고서를 하나 사는 일이었다. 그러나 나는 참고서 하나 사보지 못하고 졸업하게 되었다. 중학교 2학년 때 『학원』이라는 청소년 잡지에 내 글이 처음 실렸다. 『학원』에다가 시를 써서 보내면 매번 평과 함께 실렸다. 초등학교 때의 조중협 교장선생님과 『학원』이 나의 문학적 소양을 일찍 눈여겨본 셈인데 오늘의 '시인/작가' 또는 '교수/문인'이라는 묘하게 서로 배타적인 이중적 신분이 이때부터 싹이 튼 것이라고 할 수 있다.

중학교를 졸업하고 나 정도로 공부깨나 하는 친구들은 다들 서울의 고등학교로 진학을 하게 되었다. 어머니가 뒷바라지해주던 그간의 생활은 우리 집이 풍비박산이 되는 바람에 그나마도 여의치 않게 되어, 원주고등학교에 무슨 꼭 찌꺼기같이 입학하고 난 뒤엔 아예 아무런 대책이 없었다. 같은 반 친구 김세호 집에서 밥을 한 학기 얻어먹다가 3학년 때는 또 같은 학년의 집에서 입주 가정교사를 하게 되었다.

3학년 2학기 어느 날, 입주 가정교사로 있는 친구 집에서 아침밥을 먹고 있을 때였다. 밥숟갈에 갑자기 물방울이 뚝 떨어지는 것이었다. 참 이상하다는 생각을 하는 순간 그 물방울이 다름 아닌 내 눈에서 떨어지는 눈물이라는 것을 알게 되었다. 고3이었지만 나는 내 처지를 비관하고 막나가는 사춘기 학생이었고 이미 술과 담

고등학교 3학년 2학기를 제대로 못 다니고 서울로 제천으로 떠돌아다니다가 '학원문학상'에 작품을 응모했다.

배도 다 배운, 학교에 나가면 마지못해 모범생 반장 행세를 하면서도 속으로는 조폭과도 같은 불량기로 무장된 상황이었다. 밥숟가락에 눈물방울이 떨어진 것을 본 나는 중대한 결심을 하게 되었다. 이대로 학교를 더 다니다가는 아예 미쳐버리든가 원주역전 깡패들과 어울려 놀다가 교도소 단골이 될지 모르겠다는 생각을 한 것이다.

원주고등학교에 진학하면서부터는 드디어 빗나가기 시작하여 공부보다는 헛된 몽상 속에서 살며 엉뚱하게도 망명을 꿈꾸고 지하정부의 요원을 꿈꾸는 등 참으로 한심한 나날을 보냈다. 무엇보다도 나를 죄여왔던 것은 현실의 빈궁 그것이었다. 혼자서 가정교사를 하고 또 친구 집에 기식하면서 학업을 계속하다가 담배와 술을 배웠고 드

디어 3학년 2학기를 다 못 마치고 학교를 때려치웠다. 그런데도 지금 나의 학력이 고등학교 중퇴가 아닌 것은 그때 담임선생이 결석처리를 하지 않고 나를 살려준 결과이다. 고등학교 졸업장을 집에 앉아서 우편으로 받았으니 이토록 몰염치한 녀석이 또 어디 있을까.

제천으로 서울로 낭인처럼 떠돌면서 '학원문학상'에 작품을 응모하였다. 1962년 우수작으로 당선된 「걸어가는 사람」은 그 당시의 나의 내면을 그대로 보여주는 아주 당돌한 작품이라고 할 수 있다.

1

돌층계를 밝고 내려가듯 나는 도시의 중심부를 향하여 깊숙이 걸어가고 있다. 나의 청각을 울리는 970KC 중앙방송. 5개년 경제 계획을 방송하고 있는, 담뱃재 같은 정오(正午)가 권태롭다.

나는 걷고 있다.

하낫, 두울 나는 상업은행의 흑빛 도어를 열고

후, 후 웃어보고 싶다.

아침마다 우리집을 지나는 생선장수가 내 어깨를 친다. 그는, 씩 웃고 외상값을 달라고 비굴해진다. 나는 우리집 형수(兄嫂)처럼 그렇게 눈웃음한다.

종로 4가에서 원남동으로 가는 길목에 서서, 나는 추상화같이 흔들리는 거리의 풍경 속에…… 엑스트러.

2

나는 수학여행을 온 시골학생 같다.

나는 걸어가고 있다. 나의 의식은 내 1m 뒤에서 나를 신경질적
으로 만들며 따라온다.

손목시계 안에서 초침이 할딱거린다.

나는 두개골 속에 먼지처럼 이는

현기증에 취하면서 걷고 있다.

나는, 아무 의사도 없이 진행형을 만드는 Be동사 같다.

창경원에 가서 목마(木馬)를 타고 나는

어디 한정 없이 혼자서 가고 싶다, 자꾸 가다가 울어보고 싶다.

—「걸어가는 사람」전문(『학원』1962년 학원문학상)

*원주고 3학년 재학 중 발표.

허수(虛數)의 운명

고등학교를 제대로 마치지도 못한 채 한 해를 놀면서 온갖 나쁜 짓을 하면서 지내다가 나는 엉뚱하게도 K대학에 입학원서를 내게 되었다. 이때의 일은 이미 여기저기서 엽기적으로 얘기한 적이 있다.

여기서는 입학시험 볼 때의 이야기를 하겠다. 내가 봐도 절묘한 콩트 같은 삽화를 소개한다. 이 삽화에 등장하는 운명의 주인공은 바로 나다.

1960년대 초반 내가 대학입시 수험생이었을 때도 추위는 지독했다. 나는 그때 서울에 무슨무슨 대학이 있는지도 모르는 시골 학생이어서, 별달리 입시 공부를 할 생각도 않고 그냥 막연히 입학원서를 냈었다. 석탄 연기를 내뿜는 야간열차를 타고 처음 서울에 내렸을 때 어디가 어딘지도 모르고 전차를 타고 가다가 또 걷고 하면서 간신히

K대학을 찾아 예비소집 장소에 도착하니 벌써 다 끝난 후였다.

이튿날이 시험이었다. 둘째시간이 끝나고 나는 시험장 밖에서 피워놓은 모닥불로 가서 언 손을 녹이고 있었다. 워낙 날씨가 추워서 그랬겠지만 사람들이 어디서 나무토막을 주워다가 모닥불 위에 올려놓았다. 나는 모닥불에 손을 쪼이면서 불이 잘 붙도록 나무를 얼기설기 쌓아놓았다.

"아니, 자네 시험 치는 학생 아닌가?"

한참 신나게 모닥불을 지피고 있을 때 어느 아저씨가 내 어깨를 두드렸다.

나는 가슴에 붙인 수험표를 부끄럽게 의식하면서 허리를 펴고 일어섰다. 그 당시 나의 가슴속에는 비현실적이고 엉뚱한 생각만이 가득 차 있어서 대학에 진학하는 녀석들을 속물로 비웃어주는 마음이 많았다. 그래서 나 스스로 수험표를 붙이고 입시를 치르는 꼴이 공연히 부끄럽고 민망하다는 생각이 있었으므로 모르는 사람 앞에서 내가 수험생으로 낙인찍히는 것이 기분 나쁘기도 했다.

"이 녀석아, 셋째시간 시작한 지가 20분이 넘었어."

그 아저씨는 손목시계를 내보이며 큰 소리로 말했다.

나는 그 순간 얼굴이 달아올랐다. 모닥불 옆에 모여 있던 사람들이 킥킥 웃으며 또는 혀를 끌끌 차며 나를 주시하고 있었다. 그제야 나는 시간 가는 줄도 모르고 모닥불을 쪼이고 있었다는 생각이 들었다. 창피하지만 할 수 없었다. 나는 뒤통수를 긁으며 얼른 시험장으로 달려갔다.

"무슨 일이야?"

내가 허겁지겁 시험장으로 들어서자 감독 선생이 큰 소리로 말했다. 나는 대답할 말이 생각나지 않아서 우물쭈물했다. 수험생들이 나를 흘낏 쳐다보며 웃었다. 그때는 예비고사도 없었기 때문에 경쟁비율이 보통 10 대 1을 넘었다. 시험장에는 60명 정도의 수험생들이 배치되어 있었으므로 그 가운데서 대여섯 명만이 합격할 정도였다.

"나갓!"

답안지에 날인을 하던 감독 선생은 나를 돌아보며 외쳤다. 그 순간 두 번째 줄 중간에 내 자리가 텅 비어 있는 모습이 눈에 들어왔다.

"왜 늦었나?"

교탁 앞 의자에 앉아 있던 다른 감독 선생이 물었다. 날인을 하는 젊은 선생보다는 인자한 목소리였다. 백발의 노교수였다.

"모닥불을 피우다가 늦었습니다."

"흐흐……."

노교수의 웃음소리는 묘했다. 너무 어처구니가 없다는 뜻일까. 나는 되돌아서서 밖으로 나오려 했다.

"자리에 가 앉아."

"선생님, 규정상 퇴장시켜야 합니다. 25분이나 늦었어요."

젊은 감독이 말하자 노교수는 빙그레 웃으며 어서 자리에 가 앉아 시험을 보라는 시늉을 내게 했다. 그러면서 젊은 감독에게 말했다.

"그냥 둬. 결시가 되면 괜히 성가시다고."

이렇게 돼서 나는 수학 시험을 치를 수가 있었다.

그냥 백지 답안을 내려고 하다가 나는 3번 문제에 눈이 갔다. 그때는 시험지는 학생이 가지고 가고 답안지만 제출하게 돼 있었다. 3번 문제는 허수 문제였다. i가 나오는 문제는 늘 해답이 간단해서 0 또는 1, -1이라는 생각이 퍼뜩 들었다. 문제는 굉장히 복잡하고 길지만 해답은 간단한 게 허수 문제의 특징이다. 나는 무턱대고 3번 답안에다가 '-1'이라고 썼다. 이튿날 조간신문에 난 모범 답안을 보니 이게 바로 그대로 들어맞았다.

허수의 개념이 뭔지 다 까먹어서 이제는 생각도 나지 않는다. 사전을 찾아보니 이렇게 나와 있다.

허수(虛數) □명「수」복소수 중에서 실수가 아닌 것. 제곱하여 음수가 되는 수를 가리킴. ↔ 실수. ▷복소수.

이게 도대체 무슨 말인지? 복소수, 음수, 실수 항목을 다 찾아봐도 더 아리송할 뿐이다. 나는 작은 글을 쓸 때도 꼭 사전을 많이 찾아보는 편인데 이 사전이란 것이 어떤 때는 정말 웃길 때가 있다. A라는 말의 뜻을 찾아보면 B의 반대어라는 표가 나온다. 그래서 B를 찾아면 또 A의 반대어라는 표가 나온다. 그러니까 A의 반대어가 B이고 B의 반대어가 A라는 물리적인 뜻은 훤히 알아도 정작 A와 B의 참뜻

은 오리무중이다. 허수(虛數)라는 말을 소재로 이야기를 하는 마당이
니까 독자들에게 그 말의 뜻을 알기 쉽게 설명해주고 싶지만 어쩔 도
리가 없다. 그냥 내가 픽션으로 꾸며서 둘러대는 것으로 치부해도 되
긴 하겠다.

나중에 알아보니, 내가 수학 시험 볼 때 나를 내쫓으려고 한 젊은
감독은 그 당시 박물관 직원인 윤세영 선생이고 나를 구원해준 백발
의 노교수는 국문과 구자균 교수였다. 평민문학을 연구한 우리나라
국문학계의 개척자 중 한 분인 구자균 교수는 약주를 너무 즐기시다
가 정년도 못 맞고 일찍 돌아가셨고 윤선생은 그후 고고미술사학과
교수를 하다가 정년을 맞았다. 그 당시에는 과락제도가 있어서 한 과
목의 점수가 영점을 받으면 불합격시키게 되어 있었다.

그때 K대학 입시과목은 국어, 영어, 수학 그리고 선택과목 하나였
다. 수학을 20점 받고도 합격을 한 걸 보면, 아마도 국어나 영어, 선
택과목인 국사는 한두 개밖에 틀리지 않았을 것이다.

대학에 입학을 하게 되었지만 왕년에 공부깨나 하던 놈이 생전 이
름도 들어보지 못한 대학에 다닌다는 게 정말 창피했다. 영문과를 택
한 것도 국문과나 불문과보다 커트라인이 높아서였지 무슨 놈의 영
국문학을 공부한다는 생각 같은 것은 추호도 없었다. K대학도 대학
이랍시고 입학한 학생들과는 다르게 뭔지도 모를 아직 형성도 되지
않은 음모를 혼자 꿈꾸면서 외로운 1학년을 보냈다. 그해 겨울에 신
춘문예에 시를 응모했는데 최종심에서 떨어졌다. 당선작품을 보니까

내 시보다 좋다는 생각도 안 들었다.

2학년 봄에 대학신문사에서 연락이 왔다. 견습기자는 이미 다 뽑았지만 문화면 담당기자가 그만두게 되어 나를 특채로 뽑고 싶다는 것이었다. 나는 남들보다 뒤늦게 대학신문 견습기자가 되었다.

원고지에 기사를 쓰면 당장 그날로 활자화가 되는 신문 제작과정이 그렇게 신기할 수 없었다. 나는 기자생활에서 비로소 대학생활의 활력을 찾았다. 문화부장을 거쳐 3학년 2학기에는 편집국장이 되었다. 강의시간에는 들어가지도 않고, 대단한 언론인이나 된 듯 대학신문의 리더로서 대학 내의 문학활동을 주도했다. 또 한일협정 반대투쟁 데모를 하면서 캠퍼스를 누비고 다녔다. 신문사에서 학생기자에게 등록금 액수만 한 장학금을 주었다. 시를 쓰고 소설을 쓰며, 아무런 확신은 없었지만 어느 날엔가는 나의 문학적 천성이 인정받으리라는 막연한 예감 속에서 질풍노도의 대학생활을 이어갔다.

2학년 2학기 초겨울이었다. 각 신문사 신춘문예에 시를 응모하였다. 내 시에 대한 자부심이 워낙 대단해서 동일인이면 여러 편을 당선시키지 않을지도 모른다는 생각에서 신문사마다 응모자의 이름을 다르게 했다. 신춘문예 당선은 받아놓은 밥상이라고 스스로 믿었다. 마침 동료 학생기자가 동화도 한번 응모하지 그러느냐고 생뚱맞은 소리를 했다. 무슨 말인가 하면 얼마 전 신문에 실을 학생작품이 마땅하지 않아서 내가 편집실 책상에서 부랴부랴 가명으로 짤막한 콩

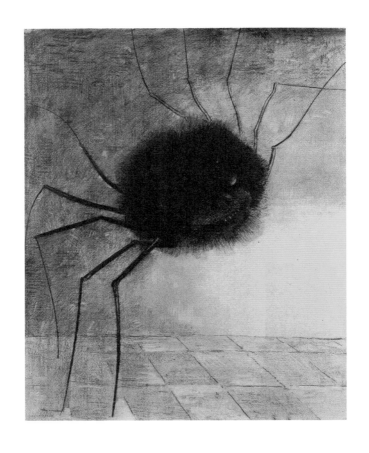

이름을 가리고 작품을 써도 제대로 평가되는
진정한 문학의 시대, 그런 익명의 시대가 온다면
나는 당장 교수직을 내던지고 전업작가 전업시인의 길로 나서겠다고
흰소리를 쳤던 젊은 날이 어제 같다.
일락서산, 정년한 지도 몇 해가 속절없이 지나갔다.

트 하나를 써서는 주간 교수 모르게 싣고 원고료를 타서 친구들과 술을 마신 적이 있는데, 그 작품을 두고 하는 말이었다. 나는 그것을 동화체의 문장으로 바꾸어 동아일보에 응모했다.

적어도 서너 군데 신문사 신춘문예 시부문을 석권할 수 있다고 믿은 나의 시는 예심에도 못 들고 나가떨어졌다. 그런데 우연찮게 응모한 동화 「철이와 아버지」가 뒤늦게 당선된 것이었다. 그 당시 K대 재학생이 신춘문예에 당선된다는 것은 모든 사람이 놀랄 만한 하나의 사건이었다.

3학년이 되면서 나는 본격적으로 소설 습작에 매달렸다. 또 신춘문예 철이 돌아왔다. 소설을 다섯 편인가 써서 각 신문사마다 응모했다. 나의 시를 이 시대가 알아주지 않으니까 아예 소설 쪽으로 운명을 걸었던 것이다.

소설을 다 응모하고 나서 가만히 생각하니까 이대로 시를 포기한다는 게 서운했다. 소년시절부터 '시인'이 되기를 갈망하면서 생애의 벼랑을 기어오지 않았던가. 그래, 시는 이번이 마지막이다. 이런 심정으로 시 세 편을 써서 창간된 지 1년밖에 안 된 중앙일보에 응모하였다. 결과는? 소설은 다 떨어지고 마지막이라고 다짐하면서 응모한 시가 당선됐다. 이렇게 하여 1967년 1월, 나의 시 「순은이 빛나는 이 아침에」가 설경을 찍은 사진과 함께 중앙일보 한 면을 장식하게 되었다. 영문과 3학년 학생이 신춘문예에 연달아 당선된 데다 또 대학신문의 날리는 편집국장이니까 이 정도면 그냥저냥 쉽게 대학생활을 해나가도 좋으련만 나는 소설 쪽으로 나를 더 세차게 밀어붙였다. 밥 숟가락에 떨어지던 눈물방울이 나를 더 처절하게 사회의 부조리와 맞서라고 부추겼는지도 모른다. 가난한 소년이 배고파서 울고, 돈이 없어 참고서 한 권 못 사면서 겪었던 분노와 좌절을 표현하려면 나약한 시는 적당한 장르가 못 된다고 느꼈다. 내가 가진 무기는 오직 소설이었다.

4학년 겨울, 나는 열 편도 넘는 소설을 써서 신춘문예에 응모하고 당선소식을 기다렸다. 당선되는 건 뻔한 일이라고 스스로에게 최면도 걸었다. 그러나 결과는 모조리 낙선이었다.

1968년 2월 대학을 졸업하자 올 데 갈 데 없는 무소속 낭인이 된 기분이었다. 이 세상을 폭파해버리고 싶은 적대감을 키우면서 죽기 살기로 술을 마시고 순진한 여자들에게 공수표를 남발하면서 다니다가, 다시 학교로 돌아가야겠다는 생각이 들었다. 대학원 진학! 국문과는 공부에 매달리지 않아도 되니까 전공을 바꾸기로 했다. 그러나 무슨 돈으로? 돌파구는 신춘문예에 소설이 당선되어 상금을 듬뿍 타는 것 밖에는 없었다. 잠시 어느 신문사에 낙하산으로 취직되어 다니다가 집어치우고 원고지와 만년필 하나를 들고 영등포 구석 단칸방으로 두 달 동안 잠적하였다.

소설 세 편을 완성하여 원고지에 정서를 하고 조선일보, 한국일보,

대한일보에 각각 다른 이름으로 응모하였다. 먹는 것도 제대로 못 먹고 술만 마시면서 과로를 한 탓에 응모작을 접수시키고 광화문 네거리로 걸어나왔는데 하늘과 땅이 샛노랗게 보이는 것이었다. 곧 쓰러질 듯한 현기증을 간신히 이겨내고 무교동 낙지골목으로 친구를 불러내어 술을 진탕 마시고 정신을 잃었다.

1969년 1월 나의 소설 「처형의 땅」이 대한일보 신춘문예에 당선이 되었고 나머지 두 편도 최종심에서 당선이 유력했는데 이미 전날 심사가 끝난 대한일보의 당선자와 글씨체나 원고지로 보아 동일인물이라고 어느 심사위원이 말하는 바람에 아깝게 밀려났다는 이야기를 나중에 후일담으로 들었다. 그해 1월 한국일보에서 발행하던 유력 주간지 『주간한국』에 '신춘문예 삼종삼연패'라는 제목으로 인터뷰 기사가 크게 실렸다. 나는 졸지에 전국 규모의 유명인사가 돼버린 셈이었다. 기아선상에서 헤매던 소년이 자라서 이룩한 이 찬란한 명예! 나는 비로소 세상에 대한 원한과 복수의 감정이 어느 정도 풀렸다.

그때 상금이 13만원이었는데 요즘 돈으로는 한 천만원쯤 됐는지도 모른다. 여기저기에서 빌려 쓴 돈을 갚고 국문학 책을 사서 벼락치기로 대학원 입시를 준비하여 합격한 뒤 나머지로 대학원 입학금을 냈다.

삼사십대에는 소설을 많이 썼다. 그러나 내 소설을 읽은 사람들은 특히 대학에 적을 두고 있는 평론가들은 늘 이렇게 말하고 있었을 것이었다. '아무렴, 오 아무개는 재주 좋으니까.' 코피를 흘려가며 밤새 워 쓴 소설이 한낱 재주 있는 사람의 솜씨자랑으로밖에는 대접을 못 받는다는 생각이 나를 주눅들게 하고 비참하게 만들었다. 하긴 그도 그럴 것이 이제는 오만잡것들이 교수입네 하는 세상이 됐지만, 나는 정식으로 석박사과정을 밟은, 35년이 넘은 정통 교수이고 보니 누가 내 문학의 진정성을 허심탄회하게 인정할 수 있었겠는가. 미움뿐이 었을 것이다. 신춘문예에 세 번이나 당선된 놈의 이름은 잠결에서도 듣기 싫었을 것이다.

대학에서 강의하랴 논문 쓰랴 하면서 소설을 쓴다는 것이 너무 힘 들었다. 이러다가는 제 명에 못 죽을 것 같은 생각도 들었다. 시는 마 음의 평화를 주지만 소설은 암세포와도 같고 나의 생명과 재산을 노 리는 자살폭탄조 같은 놈이다.

사십대를 넘기며 젊은 시절 소홀히 했던 시창작을 다시 열심히 하 기 시작했다. 내가 지금까지 낸 여덟 권의 시집과 여덟 권의 창작집 을 보면 공연히 눈물이 난다. 가난하게 살아오면서도 어쩌자고 이렇 게 어린아이와도 같은 고운 심성이 고스란히 남아 있단 말인가.

이제 나는 알겠다. 신춘문예에 세 부문이 당선되고 일류대학에서 30년 넘게 교수를 하는 나에게 그 찬란했던 명예는 더 이상 명예가 아니라 좀체 벗을 수 없는 '멍에'가 돼버린 것을 알겠다.

나는 지금까지 문단 놀음에는 낀 적이 없으며 내 작품에 대한 평 이나 기사를 잘 내달라고 누구한테 눈웃음 판 적이 없다. 이름을 가

리고 작품을 써도 제대로 평가되는 진정한 문학의 시대, 그런 익명의
시대가 온다면 나는 당장 교수직을 내던지고 전업작가 전업시인의
길로 나서겠다고 흰소리를 쳤던 젊은 날이 어제 같다. 일락서산, 정
년한 지도 몇 해가 속절없이 지나갔다.

　뒷짐 지고 노을 지는 서녘 들판을 거닐며, 그 옛날 밥숟가락에 문
득 떨어지던 눈물방울을 그리워한다.

문학의 길을 찾다

그해의 봄은 이상하게도 추웠다. 대학이라고 입학은 했지만 공부를 계속하게 될지 어떨지, 더군다나 앞으로의 운명이 어떻게 될지 전혀 감이 잡히지 않는 상태에서 나는 어쭙잖은 영문과 학생이 된 것이었다.

생각해보면 정말 눈물겨운 일이었다. 그렇다고 마음놓고 울 수도 없는 것이, 그때 이미 스무 살이 되어 입영 신체검사도 필한 장정이었으니 뭔가 나이에 걸맞은 장부로서의 꿈과 기개가 어차피 있어야만 했다. 당시에 나는 나의 이러한 꿈을 '시인'이 되는 데다 쏟아붓기로 했다. 그때 생각했던 시인이란 '시를 쓰는 사람'의 뜻이 아니라, 예언자나 황제의 뜻을 포괄하는 가장 절대적인 사람의 대명사 바로 그것이었다. 우습다, 지금 생각하면 참말 우습다. 모든 바다와 강과 그 속에 뛰노는 온갖 짐승과 피고 지는 식물과 꽃과 그 모든 것을 다 다스리는 절대적인 신이 곧 시인인 줄 알았다.

그러므로 조만간 황제가 될 운명을 스스로 확신했던 K대학교 문과대학 영어영문학과 1학년 오탁번은 셰익스피어를 건넛마을 쭈그렁바가지 이야기꾼으로 생각했고, 콜리지나 키츠를 산 너머 나무꾼의 노랫가락으로 즐겼고. 엘리엇은 재담꾼으로 약간 흥미를 느꼈다. 다만 예이츠와 딜런 토머스 정도가 더불어 시를 이야기할 수 있는 시인처럼 느껴졌다. 이 낯모르는 시인들과 얼마만큼 친했는가 하면, 예이츠는 그후 계속하여 내 시세계의 보이지 않는 배후 조종자가 되었고, 딜런 토머스의 작품 「휜힐Fern hill」과 「10월의 시」에서 몇 행을 몰래 훔쳐서 물새와 산새들이 소년의 이름을 지저귀며 날아오르는 고운 이미지를 어느 소설의 첫머리에다 넣기까지 하였다. 조만간 그들 못지않은 시인이 된다는 나의 운명을 스스로 확신하게 만든 것은 당시에 나를 가르쳐주셨던 학과의 선생님들 탓이었는지 모른다.

그때 영어영문학과에는 시를 강의하던 이호근 교수를 비롯하여 조용만, 여석기, 조성식, 김종길, 강봉식, 김진만, 박긍수, 노희엽 교수들이 일찍이 권위주의와 고립주의를 신조로 할거하고 있었는데, 특히 키도 작고 얼굴도 잘생기지 못한 시골뜨기 나를 잘 다스려주셨다. 여석기 교수의 셰익스피어 같은 납작코와 조성기 교수의 촘스키같이 반들반들했던 구두 이야기는 나의 단편 「실종」이라는 작품에도 써먹었거니와 김종길 교수의 동서양을 넘나드는 시론과 박긍수 교수의

고려대 영문과 2학년 때 모습

자상한 배경론, 그리고 김진만 교수의 종횡무진한 기지, 노희엽 교수의 신화적인 상상력 등이 어울려, 어떤 때는 탁류처럼 또 어떤 때는 뜬구름처럼, 불행하게도 시인이 될 운명을 일찍부터 타고난 나의 꿈자리를 몹시도 뒤숭숭하게 만들어주고 있었다.

1학년 때 신춘문예에 시를 여러 편 냈는데 나의 기막힌 시는 최종심에 올랐다가 낙방을 했다. 그러나 나는 낙심하지 않았다. 천재적인 시인을 몰라보는 시대가 얼마나 많았던가라는 생각을 하면서, '바보시대 속의 천재시인'을 홀로 꿈꾸었다. 이러한 몽상은 3학년 때까지 계속되었다. 수업시간에는 들어가지도 않고 혼자서 영시를 줄줄 내리닫이로 읽었다. 사전을 찾지 않고 영시를 읽을 때의 그 기분은 자못 통쾌한 바가 있어서 오독과 천부적인 상상력이 오묘하게 조화하여 원시보다도 더 기막힌 제2의 『맥베스』가 벌판에서 울부짖고, 「이니스프리의 섬」에는 갈대와 물새와 꿀벌떼가 어우러지고, 「황무지」에서는 시체에서 싹만 돋고 잎만 피는 것이 아니라 살과 뼈다귀들이 튀어나와 무도회를 열고 혼례를 올리고 토머스가 성장하던 웨일스의 들판에서는 사슬에 묶여서 죽는 시간과 이슬에 젖은 농장이 무참하게 화염에 싸였다. 아, 나는 그들과 시창작 동인을 하듯 자유자재로 영교를 하면서, 미드나이트에는 그들이 평화롭게 잠든 서가의 영시집 속으로 들어가서 죽으리라고 마음먹었다. 마치 같은 또래의 문학동인의 하숙방을 찾아가서 그와 함께 한 줄의 시를 생각하면서 울면서 잠자듯.

꿈꾸듯이 이렇게 보낸 대학시절이 그렇다고 아득한 몽상과 허상만으로 엮어진 것은 물론 아니었다. 등록금은 물론 당장의 하숙비도, 책 한 권 살 돈도 없이 떠돌던 게 현실이었다. 그러나 어려움이 크면 클수록 상상력의 영토는 갈수록 광활해져서, 이제는 '시인' 한 녀석만을 주민으로 하기에는 영주로서의 권위가 너무 보잘 것이 없었다. 그래서 나는 부지런히 소설 습작을 하였다. 이러한 나의 생각은 시에 대한 배신감에서도 많이 유래하였다.

이제는 다 잊어버린 그때의 내 시들은 아주 절세의 이미지들을 포함하고 있었음에도 불구하고 응모를 하면 영락없이 낙선의 찬물을 마셨다. 이게 한두 번도 아니고, 예이츠와 토머스의 절친한 친구인 나로서는 참을 수 없는 노릇이 아닐 수 없었다. 이때의 내 소설친구는 강봉식 교수가 통역을 해주는 헤밍웨이와 스타인벡이었는데, 그들의 능청스러운 장면 이동과 분노와 좌절이 당시 한창 극빈의 생활에 시달리던 내 현실과도 맞아서 나는 밤낮을 모르고 원고지 앞에서 창작 연습을 반복하였다. 같은 학과의 이수태, 김미혜, 그리고 그 옆에 좀 더 편한 학과의 이성선, 서종택, 서병준, 김청조, 조중순, 이정숙, 김인환, 김명인, 한승옥, 이명자 등이 바로 나의 이러한 창작 연습을 가까이서 구경하고 또 동참하였던 면면들인데, 서종택과 서병준은 거의 함께 살다시피 했었고, 지금은 부지런한 비평가가 되어 활동하는 김인환의 어느 습작 소설에서 "아주 미남으로 생겼으면 신성일만큼 잘생겼든가 아니면 오탁번처럼 아무렇게나 생겼든가 해야지 이건 도대체 이도저도 아닌 얼굴로"라는 요절복통할 등장인물 설명이 나올 만큼, 나는 안암동의 한복판에서 뒤죽박죽 소설과의 생존경쟁을 소문나게 벌이고 있었다. 아아, 생각할수록 눈물겹고나. 거기에 동국대학의 한용환과 이화여대의 한혜선, 숙명여대의 성낙희, 서울대학의 김은자도 가까이서 멀리서 나의 시의 실패와 소설의 참담함을 희화적으로 보고 있었다.

이번에 낙선하면 시와는 영영 끝장이라고 결심하고 1966년 가을에 시 3편을 마지막으로 투고한 뒤 그해의 각 신문사마다에 응모한 소설의 당선통지를 목빠지게 기다렸는데, 믿고 믿었던 소설은 감감무소식이고, 마지막이라고 집어던져 보낸 시가 당선되었다는 통지가 기막히게도 날아왔다. 시인이 될 운명을 스스로 확신하고 있었다는 말은 이미 앞에서도 했으나, 이렇게 뒤늦게 시인이 되고 나니 참으로 암담하기까지 했다. 이미 그때의 나는 소설이 주는 저 퀴퀴하고 끈적

끈적한 악취에 상당히 감염되고 있어서,「순은이 빛나는 이 아침에」
와 같은 눈부신 겨울 이미지에는 정말 너무 눈이 부셔서 곤란을 느껴
야만 했다. 그러나 나는 그때도 알았고, 물론 지금도 안다. 시는 나의
운명에서 결코 떼어낼 수 없는 운명이라는 것을.

시에 대한 운명론과도 같은 이러한 깨달음은 그후 소설에 대한 남
모를 집념을 불태우게 만들었다. 이것은 다분히 역설적인 말이지만,
시에 대한 사랑과 미움을 소설로써 표현해보려고 했던 것이다. 나의
데뷔작품인 「처형의 땅」이나 「선」「가등사」「종소리」 등의 작품에는
이러한 고민과 좌절이 잘 배어 있다.

물론 나는 또 잘 안다. 해가 저물어 도서관에서 공부하던 학생들
이 저마다 집이나 하숙으로 돌아가고 나 혼자 텅 빈 도서관에서, 또
는 도서관 앞 구릉의 벤치에 앉아서 밤바다같이 보이는 제기동의 어
둠을 내려다보면서, '이 밤을 어디에서 쉬리라던고' 하면서 조지훈의
한 구절을 훔칠 때의 그 린치보다도 더 아프고 쓰린 절망을. 이런 상
황이었는데도 나의 시와 소설의 정신이 하나도 훼손되지 않은 것은
앞에서 열거했던 선생님들과 친구들의 가혹한 격려 때문이었는지.
아니면 나를 많이 울리고 떠나버린 또는 떠나는 듯 다시 오곤 했던
별로 잘생기지도 않았던 여자들 때문이었는지. 나의 이러한 운명 앞
에 눈물겹다. 저녁연기 피어오르는 마을을 보며 절하고 싶다는 어느
시인처럼 나의 운명 앞에 절하고 싶다.

내가 대학을 갔던 것은 하나의 피난행위였다. 오라는 데도 가야

할 데도 없는 나였고, 고3 2학기를 반밖에는 다니지 못하고 자퇴한 나를 담임선생님이 결석처리를 하지 않고 졸업장을 우송해주었다. 게다가 입학원서도 친구가 대신 접수를 시켰으니, 이러한 무자격 몰염치한 대학생이 이 세상 또 어디에 있을 것인가. 나의 눈에 비치는 모든 사상들은 언제나 죽음의 그림자가 길게 뒤따르고 있었고 나의 손에 만져지는 모든 물상들은 항상 우수와 절망의 빛으로 타올랐다. 안암동 언덕에서 내려다보는 청량리와 제기동. 그리고 이제는 없어져버린 성동역의 밤풍경을 나만큼 잘 아는 자는 아마도 드물 것이다. 나는 박쥐처럼 K대학의 밤풍경을 혼자서 소유하면서 조만간 불원간 천재적인 문인이 되리라 굳게 믿고 또 믿었다. 그래서 대학이랍시고 졸업을 하고도 아무런 일도 않으면서 소설 습작을 계속하였고, 이따금 쓰는 시는 남에게 보여주기도 아까워서 혼자서만 간직했다. 김종해와 이승훈 그리고 주문돈과 박의상이 내가 대학신문에 발표했던 「굴뚝소제부」를 읽고 『현대시』 동인을 함께 하자고 하지 않았더라면 아마도 나의 시는 지금도 밖으로 드러나지 않은 채 서랍 속에서 평화의 잠을 자고 있을지도 모른다.

대학 캠퍼스의 나무 한 그루, 아무렇게나 박히고 널려 있는 돌멩이 하나마다에 나의 대학시절의 비애와 딴딴한 오만이 생생하게 배어 있음을 언제나 느꼈다. 예술과 시와 소설을 되는 대로 강의하다가 너희들은 어찌하여 시의 배고픔을 모르느냐고 일갈할 때도, 사실은 나의 해이해지려는 마음가짐과 여위어가는 몸을 나무라는 것임을 저

무심한 듯 서 있는 향나무는 알고 있었을 것이다.

1964년에 내가 앉아서 세계적인 시인의 꿈을 꾸던 돌벤치의 그 차가움은 변함이 없건만, 나는 어느새 한국의 하고많은 시인들한테서는 소설가로 돌려지고, 또 소설가한테서는 시인이라고 따돌림을 당하고 명문대학의 말발 있는 교수라고 외면받았다. 신판 해외문학파들과 흰손을 한 노동문학가들이 수사학적인 분노와 허위의 배고픔만으로 이 시대의 대학 캠퍼스를 문어발식으로 시장화하여, 마침내 대학생들 스스로의 고민과 절망까지도 획일화시키면서 드디어는 대학의 문학교실이 예술과는 상관없는 황무지가 된 이상, 공부 잘하는 녀석들은 빗자루로 쓸듯이 법과대학으로 진학하니 우리나라가 이 세상에서 가장 뛰어난 법치국가가 될 날이나 기다리면서, 나는 물론 웬만한 시인, 작가들은 일치단결하여 붓을 꺾고 문화의 재야인사나 되어봄이 어떨까. 우리 문학의 들판에서 타오르는 야화의 연기처럼 재티처럼 불씨처럼 그렇게 보잘것없음의 무서움도 나는 비로소 이해할 수 있을 듯하다.

중학교 때부터 내 뜻과는 상관없이 운명이 이리저리 굴러가기 시작했었는지도 모른다. 왜 그렇게 되었는지 한편 눈물겹기도 하고 앞으로 또 그 운명이 어떻게 굴러갈지 두렵기도 하다. 그러나 더 이상 멋대로 굴러가지 못하도록 운명의 바퀴를 빼어버려야겠다는 생각이 들 때가 있다. 혼자 있을 때 겪는 이러한 괴로움은 그야말로 어느 모험소설의 주인공의 운명과도 같아서, 그것을 읽는 사람이면 즐겁겠지만 그 주인공의 심정이야 정말 죽을 노릇이 아닐 수 없는 것이다.

아무도 몰라주는 비극의 천재시인이 되려는 고통의 악몽을 꾸면서 지냈다. 어쩌다가 2학년 때 학교신문 기자가 되었는데 하루는 게재할 학생작품이 없어서 난로 가에서 끼적거리고 쓴 콩트를 가명으로 실었다. 그 제목이 「시험지와 사과」였는데 제목 동판의 치수를 잘못 매겨서 너무 크게 나오는 바람에 가위로 자르고 '시험지 · 사과'라고 만들어서 지형을 떴다. 몰래 원고료를 타서 같은 기자들과 술을 마셨다. 그후 신춘문예 철이 되어 나는 이 콩트를 동화의 문장으로 바꾸어 난생 처음 「철이와 아버지」라는 동화를 썼다. 물론 나는 각 신문사마다에 시를 세 편씩 골고루 투고했다. 그해에 각 신문사 신춘문예 시 부문을 하나도 빼놓지 않고 모조리 석권하려던 나의 꿈은 사라지고 동화가 나의 첫 데뷔작이 되었다. 나는 『새벗』과 『소년동아일보』에 동화를 써서 받은 원고료로 그후 1년도 넘게 낙원동 다락방과 종로 일대를 누비고 다녔다. 그러던 어느 날 심사를 했던 어효선 선생을 만났더니, 강소천 이래 동화작가가 또 하나 나왔다고 칭찬했지만, 지난밤을 낙원동에서 지낸 나는 부끄러워서 얼굴도 제대로 못 들었다.

동화, 「철이와 아버지」

"선생님, 안녕히 계셔요."

"그래, 철이 오늘 수고했다. 엄마가 기다리시겠구나……."

철이는 선생님께 인사를 하고 교실에서 나옵니다. 교문을 나오면서 뒤를 돌아다봅니다. 중앙 현관에서 오른쪽으로 네 번째 교실이 철이네 반 교실입니다. 다른 교실은 창문이 모두 닫혀 있는데 철이네 반 교실은 아직 창문이 열려 있습니다.

─이제 내 시험지도 점수를 다 매겼을 거야…….

철이의 마음은 조금 무겁습니다. 오늘 본 국어시험은 아무래도 백점을 받지 못할 것 같기 때문입니다. 남에게 꾸어 쓴 돈을 '빗'이라고 썼는지, '빚'이라고 썼는지 잘 모르겠습니다.

한 문제가 틀려서 구십오점을 받은 시험지를 아버지가 보시면 그

냥 조용히 웃으실 겁니다. 아버지는 언제나 그러십니다. 어쩌다가 백
점을 받지 못한 시험지를 아버지께 보여드리면 그냥 조용히 웃기만
합니다. 철이는 아버지가 왜 야단을 치지 않는지 모르겠습니다. 식이
아버지는 식이가 시험을 잘 못 치렀으면 막 야단을 한다고 합니다.

철이는 이런 생각을 하면서 교문을 나옵니다. 교문 양편으로 쭉
줄지어 피어 있는 코스모스가 바람결에 고개를 살며시 흔듭니다.

—안녕.

철이는 코스모스에게 인사를 합니다. 코스모스도 철이가 인사하
는 소리를 알아들었다는 듯 다시 고개를 살며시 흔듭니다. 저녁 해가
봉이산 위에 걸려 있습니다. 막 넘어가려는 해가 꼭 잘 익은 사과처

「철이와 아버지」 삽화 1

럼 붉습니다. 봉이산이 커다란 입을 딱 벌리고 빨간 사과를 먹으려고
합니다.

철이의 그림자가 전봇대만큼 기다랗습니다. 철이는 배가 고픕니
다. 선생님은 시험 점수를 매길 때면 언제나 철이를 불러서 늦게까
지 점수를 매기라고 하십니다. 아니, 점수를 매긴다면 참 신이 날 겁
니다. 그러나 선생님은 맞은 답에는 동그라미를 치고 몇점인지 점수
를 매기라고는 하지 않습니다. 영이 팔십점, 바보. 식이 육십점, 바보.
순이 칠십오점, 바보…… 이렇게 점수를 척척 매기면 참 신이 날 겁
니다. 그러나 선생님은 점수 매기는 일만은 철이를 시키지 않습니다.
철이 시험지는 감춰놓고 보여주지도 않습니다.

동그라미, 동그라미, 동그라미, 가위, 철이는 "흥" 하고 웃었습니다.

"왜 웃니?"

"선생님, 글쎄 '옳고'를 '올고'라고 썼어요."

철이는 조금 전에 선생님과 웃던 일을 다시 생각해보면서 걸어갑
니다.

"철이야! 인제 가니?"

"응."

장터로 가는 길과 철이네 마을로 가는 길이 갈라진 세거리에 왔을
때 훈이가 말을 겁니다.

"우리 산수 숙제 몇 페이지니?"

"삼십 페이지 나눗셈 하구, 삼십이 페이지에 있는 최소공배수하구

야."

철이는 훈이와 헤어져서 걸어갑니다.

길가에 있는 조그만 상점에 빨갛게 익은 사과가 스무 개쯤 놓여 있습니다. 배고픈데 사과를 사먹고 싶습니다. 그렇지만 철이한테 있는 십원으로는 크레용을 사야 합니다.

―오늘은 크레용이 다 떨어졌다. 내일 오라. 오늘 읍내에 가서 크레용 많이 가져온다.

철이는 학교 앞 상점 아저씨의 말을 생각해봅니다.

뒤에서 "따르릉" 하고 자전거 소리가 들립니다. 아버진가 봅니다.

"아, 이 녀석 어째 이렇게 늦게 가니?"

식이 아버지입니다. 철이 아버지하고 같이 읍 사무소에 다니십니다. 아버지는 벌써 집으로 가셨나 봅니다. 식이 아버지는 길에 사람도 없는데 자전거 종을 자꾸 "따르릉"거리며 저만큼 앞에 가버립니다.

지난 여름, 운동회 연습을 하느라고 매일 늦게 갈 때는 철이는 늘 아버지의 자전거 꽁무니에 타고 집으로 갔습니다. 어떤 때는 아버지가 교문 앞에 와서 기다리다가 철이를 태우고 가기도 했습니다. 아이들이 부러운 듯이 철이를 쳐다보곤 했었습니다.

―자전거 종을 막 따르릉거리며 달렸으면…….

그러나 아버지는 종을 울리지 않고 천천히 자전거를 타고 갔습니다.

"빨리 달려요, 아버지."

철이가 이렇게 말하면

"빨리 달리면 네 궁둥이 아프다. 그래 오늘은 무슨 연습 했니?" 하고 물으셨습니다.

"공뺏기하고 뜀뛰기 했어요."

"그래 네가 일등을 했니?"

"네, 언제나 제가 일등이어요."

철이가 이렇게 말하면

"그럼 다른 아이들은 언제나 일등을 못 하겠구나…… 너 혼자서 공부도 일등만 하구, 운동도 일등만 하면." 하시면서 웃곤 했습니다.

─그럼, 진짜 운동회 날엔 일부러 일등을 하지 말까 보다.

철이는 이렇게 생각해보았지만, 그러나 운동회 날에 철이는 모두 일등만 했었습니다.

철이는 얼른 집에 가야겠다고 생각하면서 걸음을 빨리합니다. 해가 아주 졌습니다. 그렇지만 어둡지는 않습니다. 철이는 과수원 옆 비탈길을 올라갑니다. 이제 꼭 반을 온 셈입니다. 언젠가 철이가 집에서 학교 교실문까지 걸음수를 세어보았더니 이 과수원이 꼭 중간이었습니다.

─내 걸음 너비가 이십오 센티미터이니까, 곱하기 내 걸음수 하면 집에서 학교까지의 거리가 나오겠구나…….

오늘 시험 점수 매기는 줄 알았으면 도시락을 가져왔을 텐데…….

철이는 정말 배가 고픕니다. 갑자기 철이의 가슴이 마구 뛰기 시작합니다. 하지만 안 돼, 하고 철이는 중얼거립니다. 괜찮아, 괜찮아 하고 철이는 또 중얼거립니다. 철이의 가슴은 자꾸 뜁니다. 철이는 과수원 가시철망 가까이로 다가갑니다.

　─한 개만, 정말이야. 한 개만…….

　철이는 이렇게 중얼거리며 낮은 가지에서 빨갛게 익은 사과를 한 개 땁니다.

　"이놈!"

　누가 철이의 어깨를 꽉 움켜 잡습니다. 철이는 깜짝 놀라 뒤를 돌아다봅니다. 철이의 어깨를 꽉 움켜쥐고 무서운 얼굴을 하고 서 있는 사람, 바로 철이 아버지입니다. 다른 한 손으로는 자전거 손잡이를 잡고 있습니다.

　"아버지……."

　"이놈! 나쁜 녀석 같으니."

　철이 아버지는 철이를 붙잡고 과수원 안으로 들어갑니다. 철이는 울음을 터뜨립니다. 과수원 주인은 궤짝에 사과를 담고 있습니다.

　"아니, 김주사께서 웬일이시우?"

　"이놈이 댁의 사과를 몰래 훔쳐 땄으니 아주 혼을 내주시오."

　아버지는 철이 모르게 과수원 주인에게 싱긋 한번 웃어 보이고는 철이를 맡겨놓고 과수원 밖으로 나갑니다. 조금 후에 "따르릉" 하는 자전거 종소리가 들립니다. 과수원 주인은 궤짝에 사과를 모두 담고 나서 혼잣말로 중얼거립니다.

"예, 이렇게 되면 읍배 상회에 갈 것은 다 된 셈이구…… 올해는 사과가 어째 더디 익는구만, 쯧쯧……."

철이는 눈물을 닦으며 떨리는 목소리로 말합니다.

"아저씨, 잘못했어요."

"이놈, 혼 좀 나봐라. 며칠 전부터 어느 놈이 자꾸 사과를 몰래 따 가더니만, 그게 바로 너였구나……."

"잘못했어요. 십원 드릴게요. 한 개밖에 따지 않았어요."

철이는 주머니에서 십원을 꺼내어 과수원 주인에게 줍니다. 과수 원 주인은 싱글싱글 웃고 있습니다.

「철이와 아버지」 삽화 2

"또 한 번 그랬다가는 학교 선생님한테 이를 테다. 예, 요 십원은 다시 안 그러겠다는 약속으로 받지…… 에헴!"

철이는 과수원에서 나와 비탈길을 올라갑니다. 길에 어둠이 깔리기 시작합니다. 아버지의 무서운 얼굴이 떠오릅니다. 철이가 그런 나쁜 짓을 했다니, 하시며 마음 아파하실 어머니의 얼굴이 떠오릅니다. 철이의 발걸음은 무거웁니다. 다람쥐가 길섶에서 나와 철이 앞을 가로질러 달아납니다. 철이는 무서운 생각이 듭니다. 다람쥐가 재주를 세 번 넘고는 마귀할멈이 되어 꽃신을 파는 소년을 붙잡아 가는 동화 생각이 났기 때문입니다. 손톱이 길게 자란 커다란 손으로 마귀할멈은 꽃신 파는 불쌍한 소년을 잡아서 동굴 속에다 가두어버리는 이야기입니다.

철이는 걸음을 빨리 합니다. 철이의 이마에서 땀방울이 솟습니다.

"아니, 철이 왜 인제 오니? 얼마나 배가 고프겠니……."

어머니는 대문 밖에 나와 계시다가 철이를 보고 이렇게 말씀합니다. 철이는 아무 말도 안 하고 고개를 푹 숙입니다. 철이의 눈에서 눈물이 흐르려고 합니다. 아버지가 야단을 하며 방에서 뛰어 나오실 것 같습니다.

"얼른 방에 들어가 밥 먹어라. 부엌에 가서 찌개냄비를 가지고 들어가마. 오늘은 아버지도 이렇게 늦으시고……."

그때 아버지가 자전거를 끌고 대문 안으로 들어오십니다.

"아니, 어째 이래 늦으셨어요?"

어머니가 부엌으로 들어가시면서 이렇게 말씀하십니다. 아버지는 자전거를 뜰아래 세워 놓으시면서 혼잣말로 중얼거리십니다.

—아, 철이 발걸음이 퍽 빠른데…….

철이 아버지는 철이를 보고 말씀하십니다.

"이 사과 동생하고 나눠 먹어라. 아주 잘 익은 놈으로 골라 사왔다."

한 문제를 잘못해서 구십오점을 받은 시험지를 보시고 아무런 야 단도 치지 않고 웃으실 때처럼 아버지는 사과봉지를 철이에게 주면 서 그냥 조용히 웃으십니다. 철이의 눈에서 구슬같이 아름다운 눈물 방울이 굴러 내립니다.

—「철이와 아버지」(1966년 동아일보 신춘문예)

먹을 것이 없어서 진달래꽃 따먹고 송기를 해먹고 콩서리를 하면 서 보낸 나의 어린시절이지만 내가 이렇게 동화도 쓴 것을 보면 그리 고 지금도 어린시절의 이야기를 시와 소설로 지속적으로 쓰고 있는 걸 보면, 내 소년시절은 결코 기아와 질시로만 채워진 게 아니라, 민 들레꽃처럼, 바람에 날리는 민들레 씨앗처럼 어디 끝간 데 없는 끈질 긴 애정이 그 밑바닥에 있었다고 생각한다. 그것이 무엇일까. 제 운 명이 어떻게 굴러가는지도 모르면서 중학생이 될 때까지 야뇨증이 심했던 나에게 그러한 빈궁이 어찌하여 끈질긴 애정의 근원이 되고 있을까. 어머니, 나의 어머니다. 백운국민학교 터를 잡을 때 어느 유명한 지관이 말하기를 장차 이 학교에서 공부한 사람 중에 큰 인물이 나온다라고 했다는 이야기를 어릴 때 나에게 수없이 들려주신 어머니, 그분이 바로 이 모든 불가사의한 애정의 밑바탕이라는 생각이 든다. 어머니가 돌아가신 지 삼십 년이 넘지만 나는 지금도 어머니 품속에 있는 백운면 평동리의 탁번이에 지나지 않는다. 영양실조에 기생충에 야뇨증이 심한 탁번이지 대학교수에, 작가에, 위크엔드 양복을 입고 자동차를 몰고 다니는 그런 신사가 아니다. 정말 나의 문학의 근원은 어머니의 헐벗은 품속, 이미 나를 낳을 때는 젖이 말라붙어서 미음으로 나를 키운, 서른세 살에 홀로 되신 어머니의 운명 속에 있다.

시인을 꿈꾸다

3학년 때부터 소설 습작에 본격적으로 매달렸다. 거의 미친 듯이 소설 쪽에 매달렸는데 시를 써봐야 누가 알아주지 않는다는 배신감이 있었고, 대학을 다니는 일 자체가 소설과 흡사하게 어울리는 끈적 끈적한 우울과 허구로 꽉 차 있다는 생각이 들었다. 게다가 훔치지 못할 꽃처럼 보았던 여자도 마구 훔칠 수 있고 구입할 수 있게 된 나의 청년의 바람기가 어울려 그렇게 된 것이다. 그해에 나는 각 신문 사마다 소설을 써냈다. 그중에서 적어도 몇 개쯤은 꼭 당선이 되리라고 굳게 믿었다. 그러다가 그동안 소년시절부터 습작해온 시가 어쩐지 아까웠다. 시를 그냥 내던지려니까 억울한 생각이 들어서, 이제 정말로 시는 '마지막이다'라는 심정으로 시를 세 편 써서 중앙일보에 투고했다.

「순은이 빛나는 이 아침에」가 당선되었다. 누구보다도 김종길 교수가 가장 좋아했다. 소설은 모조리 낙선이었다. 기분이 참으로 묘했다. 어째서 이렇게 연거푸 나의 뜻이 빗나가는 것인지 참으로 곤혹스러웠다. 시를 버리려던 마음 자체가 이미 글러먹은 생각이었음을 안 것은 그후의 일이었고 시야말로 내 운명의 일부가 어느새 돼 있다는 것을 깨달은 것도 그 뒤의 일이었지, 그 당시의 내 소갈머리로는 참으로 이상하기만 했다.

그때 『주간한국』에서 '금주의 인물'란에 갓 등단한 시인을 모아서 좌담회를 했다. 권오운, 윤상규(윤후명), 그리고 나였다. 한국일보 옆 골목 무슨 다방에서였는데 기자가 맨 끝에 가서 묻기를, 가장 좋아하

영문과 3학년 재학 중 모습

는 시인은 누구냐고 했다. 나는 박성룡 시인이 그중 좋다고 대답했다. 그랬더니 오운이와 상규가 옆에서 웃었다. 그렇게 질문한 기자가 바로 시인 박성룡이라는 것이었다. 물론 이 문답은 기사화되지 않았다. 기자가 쑥스러워서였겠지만 아무튼 나는 이렇게 아둔했다. 기자가 누군

지 신문사 문화부가 어떤 곳인지도 모르고 그냥 시가 좋아서 시를 쓰
고, 좋은 시인의 시를 만나면 밤새워서 읽고 또 읽었다.

눈을 밟으면 귀가 맑게 트인다.
나뭇가지마다 순은(純銀)의 손끝으로 빛나는
눈내린 숲길에 멈추어 선
겨울 아침의 행인들.

원시림(原始林)이 매몰될 때 땅이 꺼지는 소리,
천년동안 땅에 묻혀
딴딴한 석탄(石炭)으로 변모하는 소리,
캄캄한 시간 바깥에 숨어 있다가
발굴되어 건강한 탄부(炭夫)의 손으로
화차에 던져지는,
원시림(原始林) 아아 원시림(原始林)
그 아득한 세계(世界)의 운반(運搬)소리.

이층방 스토브 안에서 꽃불 일구며 타던
딴딴하고 강경한 석탄(石炭)의 발언(發言).
연통을 빠져나간 뜨거운 기운은
겨울 저녁의

무변(無邊)한 세계(世界) 끝으로 불리어 가

은빛 날개의 작은 새,

작디 작은 새가 되어

나뭇가지 위에 내려 앉아

해뜰 무렵에 눈을 뜬다.

눈을 뜬다.

순백(純白)의 알에서 나온 새가 그 첫번째 눈을 뜨듯.

구두끈을 매는 시간만큼 잠시

멈추어 선다.

행인들의 귀는 점점 맑아지고

지난밤에 들리던 소리에

생각이 미쳐

앞자리에 앉은 계장 이름도

버스 · 스톱도 급행번호도

잊어버릴 때, 잊어버릴 때,

분배된 해를 순금(純金)의 씨앗처럼 주둥이 주둥이에 물고

일제히 날아오르는 새들의 날개짓.

지난 밤에 들리던 석탄(石炭)의 변성(變成)소리와

아침의 숲의 관련 속에

비로소 눈을 뜬 새들이 날아오르는

조용한 동작 가운데
행인들은 저마다 불씨를 분다.

행인들의 순수(純粹)는 눈 내린 숲 속으로 빨려가고
숲의 순수(純粹)는 행인에게로 오는
이전(移轉)의 순간,
다 잊어버릴 때, 다만 기다려질 때,
아득한 세계(世界)가 운반(運搬)되는
은빛 새들의 무수한 비상(飛翔) 가운데
겨울 아침으로 밝아가는 불씨를 분다.

    —「순은이 빛나는 이 아침에」전문(1967년 중앙일보 신춘문예 당선작)

소설의 늪

동화작가에다 시인이라는 이름까지 얻었으니 한이 풀렸을 법도
한데 그게 아니었다. 나는 한의 구덩이를 점점 더 깊이 파고 있었다.
그게 바로 소설이었다. 죽음의 구덩이였다. 모든 것을 쏟아넣어도 메
워지지 않는 깊이같이 느껴졌다. 그러나 졸업할 때까지 소설은 잘 쓰
이지 않았다. 나는 시를 가끔씩 쓰고 주문돈, 박의상, 이승훈, 김종해,
이유경이 하던『현대시』동인에 들게 되어 그들과 소주를 마셨다. 대
학을 나와서도 아무 일도 않고 친구들 신세나 지면서, 그리고 아직은
이름을 밝힐 수 없는 여러 여자들을 울리며 소설을 쓰다가 찢고 또
찢었다. 소설 쪽의 한이 해결되지 않으면 다른 무엇도 안 풀릴 것 같
은 절박한 상황을 스스로 만들어 놓고 있었다. 왜, 무엇 때문에 대학
을 나와서도 사회에 적응하지 않고 이렇게 참담한 상황을 스스로 만

든 것일까. 돈은커녕 편하게 잠잘 수 있는 방 하나도 없으면서 무엇을 위하여 그토록 고난의 상황 속에 갇혀 있었던 것일까. 지금 생각해도 정말 모르겠다. 취직은 생각도 안 했고 연애를 하면서도 결혼은 꿈도 안 꾸었다. 이루어질 수 없는 몽상, 차라리 악몽 속에서 자학의 아픔을 즐겼다. 이렇게 된 것은 원주에서의 6년과 그후의 서울생활이 주었던, 내 책임이 결코 아닌 현실적 고난에 대한 복수심이 강하게 내연하고 있었기 때문인지도 모른다. 나를 줄기차게 괴롭혀온 현실에 그대로 소속되는 것은 패배를 의미한다고 믿었는지도 모른다. 어처구니없는 생각이지만 1968년 그 당시로서는 오로지 그러한 갚을 수 없는 복수심만 불타오르고 있었다.

그해 봄에 『세대』에서 중편소설을 모집했다. 첫 해에 박태순의 「형성」이 당선되었고 두 번째 모집이었는데 나는 작품을 쓰다가 마감날까지 끝을 못 냈다. 그때 당선된 것이 신상웅의 「히포크라테스 흉상」이었다. 나는 이 작품을 읽으며 극도의 절망에 빠졌다. 마감까지 작품을 끝내지도 못한 주제에 남의 당선작을 읽으면서 느낀 나 스스로에 대한 불만과 저주를 어찌 필설로 표현할 수 있으랴.

나는 할 수 없이 현실 앞에 백기를 들기로 했다. 병역필이 아니고 더구나 나이가 많아서 대학을 다녔으므로 재학 때 영장이 몇 번이고 나왔으니까 입영기피자인 나는 어디 떳떳하게 시험을 치고 들어갈 데도 없었다. 이 궁리 저 궁리 하고 있던 차에 K대학 차낙훈 교수가 중앙일보 홍진기 사장에게 청탁하여 낙하산식으로 중앙일보에 들어가서 견습기자가 되었다. 그러나 두 달을 채 못 보내고 사표를 던졌다. 백기를 들기에는 아직도 건방진 구석이 있었다. 밤 아홉시가 가까워서 하는 퇴근, 일의 보잘것없음, 자신의 무력함 등이 나를 짓눌렀고 인사과에서 병역문제를 문의할 때 식은땀이 흘렀다. 이병주 선생의 원고를 받으러 갔다가 원고료만 주고 원고는 그대로 놓고 나왔던 어처구니없는 일도 저질렀고 모든 게 엇갈려 나갔다. 군대는 갈 기회가 있으면 간다는 생각만 했지 병역기피가 어떤 죄와 벌을 의미하는지도 전혀 생각하지 않은 알 수 없는 악몽 속에 시달리고 있었다.

정식발령을 받은 것도 아니었으니까 직장이랄 것도 없지만, 나는 그곳을 그만두고 나와서 다시 내가 스스로 택하고 과대하게 만든 악몽 속으로 아주 죽을 셈치고 빠져들어 갔다. 소설을 써서 어떻든 출구를 만들어 스스로의 함정에서 빠져나오려고 했다. 대학원에 진학하고 싶은 생각이 들기도 했다. 이왕 빗나간 운명의 끝간 데까지 따라가보자는 생각이었다. 한국일보에 「가등사」, 조선일보에도 한 작품, 대한일보에 「처형의 땅」 이렇게 세 편을 투고했다. 우선은 돈이 급했다. 여기저기서 꾸어 쓴 돈이 상당했고 대학원 입학금도 있어야 했다. 대학을 졸업하고 참담한 생활을 하면서 스스로 소설의 역량이 향상됐다는 자신도 있었으므로 이 세 편이 당선되면 모두 38만원, 지금 돈 가치로는 2천만원도 훨씬 넘는 액수의 거금이 들어오게 되고 당시의 형편으로도 대학 신입사원 2년치 월급은 되었다. 당선통지가 날아올 12월 20일경이 되었다. 눈이 몹시 내렸다. 무교동에서 친구들

날짜는 자꾸만 흘러갔다. 성탄절이 지났다.
그다음 날 다만 한 장의 전보가 뒤늦게 왔다.
「처형의 땅」 당선을 알리는 전보였다.

과 술을 많이 마시고 그때 맏형이 살던 오류동으로 밤늦게 돌아갔다. 전보가 석 장이나 왔구나. 대문을 들어서기가 바쁘게 이런 목소리가 나오겠지 하는 생각뿐이었다. 그러나 그런 목소리 대신에 맏형과 어머니가 내가 들어오는 소리를 듣고 주고받는 말뿐이었다. 저 녀석 아주 버리는 거 아닙니까. 아니다. 그냥 둬라. 탁번이는 내가 안다. 나는 술을 토하면서 울었다. 어머니가 안 계셨더라면 정말 자살이라도 하고 싶었다. 어머니가 계셨으므로 그나마도 나에겐 선택의 여지가 없었다.

날짜는 자꾸만 흘러갔다. 성탄절이 지났다. 그다음 날 다만 한 장의 전보가 뒤늦게 왔다. 「처형의 땅」 당선을 알리는 전보였다. 기쁘지도 않았다. 그때 나의 생각으로는 겨우 삼분의 일의 꿈이 이루어진 것이 기쁠 게 뭐냐는 마음이었지만, 옆의 사람들은 상당한 기쁨으로 축하를 해주었고 분이 어느 정도는 풀렸다. 새해가 되어 각 신문을 보니 나의 나머지 작품도 모두 최종까지 갔다가 아슬아슬하게 떨어졌다는 것을 알고 분이 그때는 꽤 풀렸다. 13만원을 받아 빚을 엔간히 갚고 국문학 책을 샀다. 그해 1월에 『주간한국』은 '금주의 인물'란에 '신춘문예 3종 3연패'라는 제목으로 나를 소개하였다. 그 당시로서는 쑥스럽기만 했을 뿐 그게 무슨 뜻을 지녔는지도 몰랐다. 훗날 생각해보면 바로 여기에서부터 그후 20여 년이 지난 오늘날까지의 내가 몰고 다니는 이율배반과 오해가 출발하는 것이었다.

문학의 숲길에서

그때는 대학원 입학 경쟁이 심하지 않아서인지 나도 합격이 되었다. 학자나 대학교수가 되려는 생각보다는 글을 쓰는 공간을 갖고 싶었다. 함정이나 덫이 더 이상 깊어지면 안 되었다. 차를 끓여 마시고 좋은 친구와 술을 마시면서 일생을 걸 그러한 문학적 공간이 절실해서 택한 대학원이었다. 대학원에서는 주로 현대문학을 공부하면서 한편으로 시와 소설을 써나갔다. 정한숙 교수에게 소설의 끈적끈적한 재미를 매일 듣고 삶을 이루는 지혜를 배웠다.

지금 나의 아내가 된 김은자는 그때 동숭동 불문과 4학년이었는데 내가 버리면 다시 쫓아오고 그녀가 도망가면 내가 또 쫓아가면서 나의 시 「굴뚝소제부」에 나오는 바대로 암흑의 문과 모호의 문을 열고 닫고 또 열었다. 대학원 2년 동안의 생활은 이 사람과의 열고 닫고 여는 게임의 연속이었고 그다음 해 그러니까 이 사람이 졸업을 하고 어느 회사에 잠깐 다니고 난 후에 나는 그때 「정지용 연구」라는 논문을 준비하면서 어떤 마음을 갑자기 먹었다. 그래서 갑자기 10월 28일에 결혼을 했고 유성으로 신혼여행을 가면서 논문을 썼다. 며칠 후로 마감일이 당도했기 때문이며 석사학위를 제대로 받지 못하면 군 입대 문제에 차질이 오게 돼 있었다. 대학원에 입학하자마자 육사에서 교수요원을 모집하는 시험이 있었는데 나는 병적상의 약점에도 불구하고 응시하여 합격이 되었고 그쪽에서 기피사실을 말소해주었다. 그리고 석사를 받은 후에 입대훈련을 받고 중위로 임관하게 되어 있었다.

삼양동 비탈에 10만원짜리 방을 얻어서 신혼살림을 꾸렸다. 이제 논문심사를 받으려는 녀석이 참으로 당돌한 모험을 한 것이었고 바보 같은 김은자도 이러한 모험이 어떤 현실적인 고통과 비애를 수반하는지도 모른 채 무슨 문학동인 결성하듯 결혼을 한 것이었다. 우리의 결혼이 얼마나 가당치 않았던가는 장모가 딸의 결혼식장에 결석을 한 것을 봐도 알 수 있는 일이었다. 그러나 당시의 나는 하나도 기가 죽지 않았고 나 같은 사람을 사위로 얻었으니 참으로 행운이 아닌가라고 처갓집을 향해서 외쳤다. 물론 소리 안 나게 아주 마음속으로 혼자서 가만히 외쳤다. 나의 형제들도 결혼을 반대했고 우려했지만 이상하게도 어머니만은 달랐다. 내버려둬라. 탁번이는 내가 안다. 이 말씀뿐이었다.

다음해 봄에 대학원을 끝내고 입대를 했다. 훈련기간은 지루했다. 여름이 되어 임관이 되었다. 광주보병학교에서였다. 내가 훈련받는 기간 동안 아내를 취직시키는 일 대신에 오직 나만 생각하고 나에게 편지만 하면서 몇 달을 살게 했다. 임관되는 날 광주로 불렀다. 광주역 광장에서 기다리고 있다가 아내를 만났다. 요즘 아내의 미워진 얼굴을 보다가도 나는 그때 광주역 광장에서 본 아내의 얼굴을 회상한다. 스물세 살의 철부지 아내는 나보다 키가 커 보일까봐 늘 운동화 차림이었고 결혼이 뭔지 현실이 뭔지도 모르면서도, 나의 어느 작품 어느 구절 하나에 보잘것없는 거미줄 같은 심상에 매달려 있는 아침 이슬 같았다.

1973년 첫 시집 『아침의 예언(豫言)』을 냈지만 서점에 내어놓지 않고 친지들과 나누어 보았다. 소설을 부지런히 발표하면서도 늘 공책에다 시를 쓰고 있었다. 처음 해보는 교단생활이 생각보다 너무 힘들어서 아침마다 코피를 쏟았다. 1974년 일지사에서 첫 창작집 『처형(處刑)의 땅』을 냈다. 그해에 나의 첫아들을 아내가 낳았고 나는 제대를 하여 S여사대에서 문학을 가르쳤다.

이 무렵 나의 집은 장위동에 있었는데 군자동 학교까지 오고가는 시간이 아까워서 어떤 때는 퇴근을 하면 화양동 시장 골목의 여관에서 원고를 쓰다가 잠을 잤다. 그랬더니 어느 날은 선배 교수가 조용히 하는 말이 젊은 교수가 아침에 여관 골목에서 나오는 모습을 누가 이야기하더라면서, 천천히 일하고 오래오래 살자고 충고를 해주기도 했다. 하지만 나는 시간이 아까웠다.

삼선개헌과 유신으로 치닫는 현실의 꼴도 참을 수가 없었다. 소설 「우화의 집」은 삼선개헌을 맞대놓고 풍자한 소설인데 사람들은 그런 소설을 내고도 내가 곤욕을 치르지 않는 걸 이상하게 생각하지만 나는 언제나 문학작품으로서 현실을 다룰 때는, 그 현실조차도 문학의 일부가 되어야지 그렇지 않으면 그것은 이미 문학의 위쪽이거나 혹은 아래쪽이라는 신념을 지니고 있었다. 사회현실을 고발하고 질타하는 형식으로서의 문학은 가장 무력하지만 영원한 방법이라는 생각이 언제나 앞서기 때문이다.

동아일보 백지광고 사태가 있을 때 참으로 안타까워서 나는 현직 교수의 신분이면서도 내 이름 석 자를 떡하니 밝혀서 성금 광고를 냈다. 시인 아무개 소설가 아무개 대학교수 아무개가 아니라, 그저 유권자 아무개가 그렇게 시킨 것이었다. 이때 문책을 당하고 그 과정이 신문에 오르내렸으면 내가 좀 더 유명한 작가가 되었다? 천만에 나는 관심이 없었다. 1980년 5·17 직전에 K대학교에서도 교수협의회가 발족되었고 그때 내가 성명서를 기초했었다. 그것도 어떻게 되었으면 또 어떻게 되었겠다? 천만에. 나는 오직 나의 어머니가 알고 계시던 '나'로서의 언행만이 있을 뿐, 오직 문학작품을 쓸 때는 문학으로 하고 그 외의 형식의 글은 그 형식으로 하며 너무나 많은 한의 함정과 덫을 지나와 오늘 여기에 서 있으므로, 나의 방법대로 쓰고 읽는다.

1978년 가을에 모교의 귀퉁이로 연구실을 옮기고 나서 나는 약
속 하나를 갚았다. 내가 1970년 겨울 처음으로 부산에 가서 장모 될
분을 만나서 딸을 달라고 하니까 장래에 무엇이 되겠느냐고 했을 때,
나는 아무리 못돼도 K대학 교수는 되겠지요 했던 것인데 바로 그 약
속을 지킨 것이었다. 그리고 나는 바로 그 이듬해 봄에 어머니를 잃
었다. 나의 이때의 눈물겨움과 절망은 소설 「해피 버스데이」(『저녁연
기』, 정음사, 1985)에 그대로 나와 있어서 나는 요즘도 어머니를 그리
워하며 울고 싶을 때 그 작품을 다시 읽으며 운다. 다음의 「하관」은
그후 몇 년이 지나서 쓴 시인데 시집 『너무 많은 가운데 하나』(청하,
1985)의 맨 첫머리에 실었다.

이승은 한줌 재로 변하여
이름 모를 풀꽃들의 뿌리로 돌아가고
향불 사르는 연기도 멀리 멀리
못 떠나고
관을 덮은 명정의 흰 글자 사이로
숨는다
무심한 산새들도 수직으로 날아올라
무너미재는 물소리가 요란한데
어머니 어머니

하관의 밧줄이 흙에 닿는 순간에도

어머니의 모음을 부르는 나는

놋요강이다 밤중에 어머니가 대어주던

지린내 나는 요강이다 툇마루 끝에 묻힌

오줌통이다 오줌통에 비치던

잿빛 처마 끝이다

이엉에서 떨어지던 눈도 못 뜬

벌레다

밭두럭에서 물똥을 누면

어머니가 뒤 닦아주던 콩잎이다 눈물이다

저승은 한줌 재로 변하여

이름 모를 뿌리들의 풀꽃으로 돌아오고

— 「하관(下棺)」 전문, 시집 『너무 많은 가운데 하나』(청하, 1985)

　　1978년 초겨울에 중편집 『새와 십자가』가 고려원에서 나왔고 그 인세로 어머니의 병원비를 충당하였다. 「새와 십자가」는 내가 대학 졸업한 해 『세대』에 투고하려다가 못 한 소설이었는데 몇 해 동안 서랍 속에서 평화의 잠을 자다가 1977년에 발표된 것으로 시와 소설이 뒤엉켜 있는 작품이고 나도 모를 수많은 비유가 그 안에 씨 뿌려져 있다. '나도 모른다'라는 말은 가식이 없는 정말이다. 어째서 그런 소설을 생각하여 그런 형식으로 썼는지 스스로 따져보아도 모를 게 너무 많다. 아마도 실현불가능의 기대이겠지만 만일 우리나라에도 외국의 어느 경우처럼, 몽둥이나 호각에 의한 비평이 아니라 펜으로 쓰는 비평의 시대가 온다면, 어느 투명한 비평가가 나의 이 소설을 해체하여 나의 운명의 끈의 정체를 밝혀줄지도 모른다. 그때 이미 나는 죽어서 사라지고 모든 게 흔적도 없이 소멸하겠지만.

창작집 『내가 만난 여신(女神)』(1977)은 이 멋진 이름에도 불구하고 단 몇 권도 팔리기 전에(팔리지 않아서?) 출판사가 없어져버려서 지금 어디 가스등 밝히고 호객하는 노점의 수레 위에서 찬비를 맞을 것이며, 『새와 십자가』 다음에 나온 창작집 『절망과 기교』(1981)도 책이 나오자 출판사가 문을 닫아 어느 구석에서 어떻게 굴러다니는지 모를 지경이 되었으니, 나에게 앞으로 무슨 악몽의 덫을 준비하느라고 이러는지, 피로 쓴 작품이 거리의 휴지가 되고 있다는 참담한 생각이 들 때가 많다. 나의 영혼이 어느 어두운 거리를 정처 없이 떠돌고 있다는 무서운 생각도 든다.

1983년 8월에 나는 미국행 비행기를 탔다. 대학교수로서 하버드에 가서 연구를 하는 게 목적이었지만 나의 내심으로는 그쪽 사람들의 문학하는 꼴을 구경하고 싶은 단순한 생각이 앞섰다. 1년 동안을 꿈같이 보냈다. 그들의 문학교실의 풍경을 책이나 영화에서보다는

마음속에 생겨나는 것은 천등산 박달재의
내 소년시절의 황금과도 같은 소재. 그리고 내가 원한의 늪으로
생각했던 나의 현실…… 이 모든 것이 나의 문학의 세계요
내 영혼의 고향임을 새삼 알았다.

훨씬 실감 있게 보았고 문학이 문화 자체가 되어 있는 점도 보았고 창작이야말로 가장 소중한 작업이라는 생각도 확인하였다. 많은 여행을 했다. 식구들까지 데리고 돈 많이 뿌리며 대서양도 건너갔다. 그러면서 마음속에 생겨나는 것은 천등산 박달재의 내 소년시절의 황금과도 같은 소재, 그리고 내가 원한의 늪으로 생각했던 나의 현실이 본래부터 가지고 있던 독약과도 같은 매력, 우리나라의 못생긴 산과 시시한 강물이 주는 저 악마의 아름다움, 이 모든 것이 나의 문학의 세계요 내 영혼의 고향임을 새삼 알았다. 그리고 '나'를 많이도 생각했다. 내가 저지른 죄와 아직 받지 못한 벌을 생각하면서 40년 만에 처음으로 나를 밖에서 관찰하고 꾸짖었다. 우리나라는 모든 것이 손바닥같이 좁아서, 작품보다는 알음알음으로 모든 것이 좌지우지된다고 어찌 흰 이마를 더럽힐 수 있느냐는 반성도 했고 보잘것없는 안정을 위하여 커다란 정의를 희생하는 타성의 껍질을 벗겨내기도 했다.

1984년 귀국하여 가을 한 달 동안에 단편소설 세 편을 썼다. 「아가의 말」 「달맞이꽃」 「저녁연기」. 이 작품들은 마치 탕아가 오랜만에 고향에 돌아와서 오줌을 눌 때의 평화로움으로 썼다. 이제 나는 아무런 희망도 절망도 없이, 그냥 있을 뿐이다라는 평범한 마음으로 그후 몇 년을 또 견뎠다.

1985년 가을에 시집을 냈다. 시집이 너무 많이 나오는 속에 또 냈으니 이름도 『너무 많은 가운데 하나』라고 붙였다. 제1부에는 서랍 속에 넣어두었던 작품 40여 편을 싣고 제2부에는 첫 시집을 그냥 수

록했다. 1973년에 자비 출판했던 첫 시집을 나 스스로 재판을 찍은 셈이라고 치부하며 나 혼자 웃었다.

이 시집 속에는 두 편의 이상한 시가 들어 있다. 「가랑비」와 「저녁 연기」가 그것인데 이것은 나의 소설에서 거의 그냥 따다가 쓴 시다. 「가랑비」는 「세우(細雨)」라는 소설의 한 문장을 앞의 행을 끊어서 옮겨 쓰고 나머지 다섯 행은 덧붙인 것이다.

짓눌려 내리는 가랑비, 비랄 것도 못 되어 안개처럼 보이는 철 아닌 가랑비는 눅눅하고 끈끈하게 나의 몸을 휘감아 버리고 있었다. 좀 더 세차게 운전석 지붕을 쾅쾅 두드렸다.

트럭이 다시 기어를 갈아 넣으며 고갯길로 접어들 때 나는 얼굴에 달라붙는 가랑비를 뜯어내면서 다른 한 손을 여자의 젖가슴 속으로 쑥 넣었다.

― 소설 「세우(細雨)」의 일부

머리칼에 달라붙는 가랑비를 한 손으로
뜯어내면서 탁번이는 여자의 젖가슴 속으로
다른 한 손을 쑥 넣었다.
감자꽃 내음이 났다.
한여름 담뱃잎 내음도 났다.

　헛간에서 썩고 건조실에서 매달려 죽을 날을 생각하며
탁번이는 드디어 울었다.
가랑비처럼 그렇게 그렇게 울었다.

—「**가랑비**」전문

　원래는 소설에서는 '나'이지만 그것을 나의 이름으로 대치시킨 뚜
렷한 이유를 밝히기는 싫다. 여자의 젖가슴에서 감자꽃 내음이 나고
담뱃잎 내음이 나는 이유도 밝힐 수 없다. 문장은 손끝 재간이 아니
라 그 작가의 모든 정신이라고 믿고 있다. 소설을 쓸 때 나는 사건이
진전되지 않아서 파지를 내는 적은 거의 없으나, 그 사건을 표현할
말이 생각나지 않아서 파지를 많이 낸다.

　「저녁연기」라는 시는 같은 제목의 소설에서 아예 한 부분을 그대
로 옮겨 적은 시다. 이래도 되는 것일까 또는 이것이 시일 수 있는가
하는 생각이 없었던 게 아니다.

　해가 지는 것도 모른 채 들에서 뛰어놀다가, 터무니없이 기다랗
게 쓰러져 있는 나의 그림자에 놀라 고개를 들면 보이던 어머니의
손짓 같은 연기, 마을의 높지 않은 굴뚝에서 피어올라 하늘로 멀리
멀리 올라가지 않고 대추나무나 살구나무 높이까지만 퍼져 오르다
가는, 저녁때도 모르는 나를 찾아 사방으로 흩어지면서 논두럭 밭

두럭을 넘어와서, 어머니의 근심을 전해주던 바로 그 저녁연기였다.

— 「저녁연기」 전문

　　나를 잘 모르거나 알아도 미워하는 사람들은 내가 시나 소설 어느 한쪽을 싹둑 잘라버리기를 바라겠지만 나의 문학정신은 그러한 이분 법으로는 해결되지 않는 불행한 천성이 있다. 시와 소설은 방법의 문 제이지 본질의 문제는 아니다. 시를 모르는 소설가 또는 소설을 모르 는 시인을 나는 믿지 않는다. '모른다/ 안다'라는 말은 어떤 교양이나 지식을 의미하는 게 아니라 사랑을 의미한다. 나는 정말이지 소설과 시의 차이는 거의 차이가 없는 정도의 차이뿐이라고 생각한다. 나는 어떤 때 시적 상상력에서 출발하여 쓰고 나면 소설이 되고 어떤 것은 그 반대도 된다. 앞에서 내가 직접 시를 인용하면서 나의 문학의 최 대 약점을 밝히는 것은, 시인도 소설가도 아닌 것으로 나를 멸시하지 말고, 시인일 때는 시인으로 정당하게 소설가일 때는 소설가로 혹독 하게 읽어달라는 바람에서 비롯된다. 뼈를 깎는 고통으로 쓰는 글이 단 한 사람의 독자와도 만나지 못한다는 우려는 차라리 형벌일 수 있 고 우리 문학사의 죄악일 수 있다.

　　이것은 나에 한정된 이야기가 전혀 아니다. 모든 문학 작품을 읽 을 때 쓴 사람이 누구인지도 모르는 상태에서 평가될 수 있는 날이 온다면 우리는 이미 문학적 통일을 이룬 것이나 진배없다. 어떻게 헤

처나가지도 못하는 무인도의 고독은 차라리 큰 평화일 수 있지만 알음알음으로 알고 비비고 밀고 돌아가는 세파는 그야말로 큰 전쟁의 참화일 뿐이다.

　이런 생각으로 요즘처럼 문학하는 행위에 대하여 고민해본 적이 없다. 어차피 여기까지 왔다라는 비장한 생각도 들지만 나는 지금 먼 훗날에 등단하는 시인 작가를 위하여 문학사의 겉장을 꾸미는 일에 종사하고 있다는 겸허한 마음으로 살고 있다.

　1980년대 초 어느 가을, 처음으로 시인협회 세미나에 참석했다. 가서 좋은 시인들과 많은 이야기를 했다. 처음 가본 마산의 풍경은 멋지고 아주 훌륭했다. 부둣가 횟집의 천장이 낮은 다락방은 참으로 정다웠다. 정진규, 오세영, 이수익, 박의상과 어울려 다니며 소년처럼 웃고 떠들었다. 돌아올 때는 일행과 떨어져서 남해고속도로로 해서 광주까지 와서 차 한 잔을 마신 다음 거리를 배회하다가 늦게 서울행 버스를 탔다. 어둠에 차츰 묻히는 한반도의 남부를 지나오면서 나는 깊은 생각에 잠겨 있었다. 여러 가지 상념들이 어미 속에서 오갔다. 며칠 뒤에 이때의 혼돈을 「광주(光州)를 지나며」라는 제목으로 이렇게 써보았다.

　　함안을 지나 진주로 섬진강의 푸른 물을 지나
　　순천으로 다시 하늘과 물로
　　가을 감나무에 달린 그만그만한 홍시(紅柿)들

잊고 있던 주홍빛 나의 모음(母音)이여
아아아 또는 어어어만큼 크지가 않고
오오오만큼 조그마한 모음의 뒤켠에는
못생긴 산과 쓸모없는 나무들이 버린
지나간 계절의 몽상이 있었다
곡성을 지나 담양으로 광주로 광주로
서광주 남광주 고속버스 터미널로
신문가판대에는 월요일이어서 신문이 없고
터미널 화장실엔 휴지(休紙)가 없다
백 원짜리 삽입하면 나오는 콘돔뿐이다
쉬는 종이가 없다 종이쪽들도 모두
공장에 사무실에 공사판에 나가고
충장로 너머 밉게 보이는 무등산도
늦가을의 이내 뒤로 이마를 감추었다
고개를 떨구고 마시는 차 한 잔
지나간 계절에는 희망이었다가 이제는
비애가 된 무등산이여 광주여
다음 계절에 너는 무엇이어야 하느냐
이놈들아 광주 좀 그만 팔아먹어라
매매하는 상품이 아니다 마산 돌섬나루터
펄럭이는 한막(寒幕)* 에서 나오는 차가운 말씀

존경하는 정치가의 자리를 마음에 늘 비워둔 채

존경할 어른 찾느라고 지쳐 있네요

남작(男爵)* 의 이 말씀도 눈물겹고나

주홍빛 나의 몽상을 다 지나쳐서

이제는 돌아가야 할

떫고도 떫은 나의 자리여

다 익기도 전에 까마귀가 파먹는

지나간 계절의 나의 비유여

네시 이십분발 서울행 버스 안에서

나는 홀로 눈감고 있네

—「광주(光州)를 지나며」 전문, 시집 『생각나지 않는 꿈』(미학사, 1991)

이 글에서 '한막'이니 '남작'이니 하는 말은 정한모(鄭漢模) 선생과 김남조(金南祚) 선생을 그분들이 안 보는 자리에서 우리가 부르는 별칭인데 한자말로 다르게 만들어본 것이다. 김남조 선생의 아름다운 풍모와 낮은 목소리, 정한모 선생의 취기 어린 굵은 목소리가 주는 기억이 뒤엉키면서, 광주와 무등산에 대한 이모저모의 상념들이 꼬리를 물고 나타난 결과였다. 시는 써서 서랍 속에 간직했다가 또 십 년 후에 시집을 만들고 싶다. 시에 대한 욕망이 끝이 없다. 갖고 싶은 욕망이 그것이다. 소설은 버리고 싶은 욕망 그것이다. 버리고 싶은 욕망을 버릴 수 있을 때까지 나는 소설에 매달려보련다. 그놈은 교수대의 밧줄 같은 것이다.

나는 앞으로 '문풍지' '돌쩌귀' 같은 시시한 소재를 가지고 글을 쓰고 싶다. 가능한 관념을 모두 떨쳐버리고, 욕망도 절망도 없는 그냥 있는 그대로의 나의 모습과 나의 생각을 소설로 쓰려고 한다. 지금 해나가고 있는 작품이 끝나면 다시 어릴 때의 기억으로 돌아가서 곱고 아름다운 작품 몇 개만 더 쓰고 싶다. 많이 쓰지는 않으련다. 꼭 쓰고 싶은 것이 아니면 웬만한 유혹에는 넘어가지 않으련다.

무엇보다도 작가의 작품이 앞서야지 그의 언행이 앞서서는 안 되는 일, 지금 가지고 있는 이 가소로운 나의 이름을 스스로 지워버리는 생각으로, 잘해봐야 몇 해 남았을 나의 목숨을 부지해보련다. 내 생애의 끝에쯤 가서 나의 시나 소설, 나의 꿈과 방황이 어울린 동화를 한 편 쓰고 싶다. 수수깡으로 만든 장난감 안경 같아도 좋고 작지만 맛있는 풋밤처럼 덜 완숙해도 좋으리라. 나의 딸 가혜가 커서 연애를 배울 때까지 나는 나의 보잘것없는 희망을 아주 던져버릴 수는 없다.

내가 자란 고향의 심상들이 비교적 많이 드러난 작품들을 골라 수록한 창작집 『저녁연기』를 내면서 나는 큰 결심을 했다. 나 스스로 생각할 때 더 이상 잘 쓸 수 없을 정도로 썼다고 믿는 「달맞이꽃」이나 「저녁연기」 같은 작품을 이미 만들었으니, 작고 짧은 이야기는 그만 쓰고 이제야말로 내 일생을 건 작품 하나 오직 하나만을 위하여

오 탁 번

목숨을 바치자고 스스로 결심했다. 그해 가을에 「달맞이꽃」이 어느 문학상 후보작에 올랐다가 '너무나 잘 쓴' 이유로 본상에서 제외되는 것을 보면서 나는 이상하게도 야릇한 쾌감 같은 것을 느꼈다. 그리고 스스로 나의 문학이 이 시대에는 어울리지 않는 어떤 '정신'을 고독하게 지니고 있다는 생각도 들었다. 그동안 내가 몸 바쳐서 걸어온 문학에의 길이 아직도 나에게는 가시밭길이요 도저히 쉽사리 결판낼 수 없는 의미심장한 과정이라는 깨달음도 있었다.

그러나 천등산 박달재에서 자란 나는 역시 못난이 무섬쟁이에 불과하였다. 학교 강의에 시간을 많이 빼앗긴다는 핑계를 대면서도 나는 또 소설의 늪지대로 빠져들어가다가는 정신을 퍼뜩 차리고는 이를 악물듯이 원고지를 멀리하면서 자학의 길로 빠지곤 했다. 「우화(寓話)의 땅」이 1987년도 한국문학작가상 수상작으로 선정되는 즐거움도 얻었고, 이어서 몇 편의 작은 작품을 그때그때 쓰면서도 한구석에 자리 잡은 '오직 한 작품'에 대한 욕망 때문에 홀로 괴로워했다.

1988년 문학사상사에서 낸 창작집 『겨울의 꿈은 날 줄 모른다』에서는 내가 현실적으로 겪고 있는 지식인 또는 대학교수로서의 고뇌와 시와 소설을 생명처럼 아끼는 자유인으로서의 갈등이 담겨진 것이었고, '오직 하나'를 위한 메모는 공책 몇 권에 무질서하게 쌓여가고 있었지만, 좀처럼 분만의 고통에까지는 이르지 않고 있었다. 솔직히 말해서 나 스스로 그 끔찍한 고통을 자꾸 피해서 도망다니고 있었다. 나도 그 이유를 잘 모르겠으나 그때의 심정은 소설이니 문학이니 생각하지 않고 그냥 평범하고 풍요롭게 지내는 생활인으로 자족하고 싶었다. 너무 괴로웠다. 술도 많이 마셨고 밤을 꼬박 새워서 내 미래에 대한 불행한 예감을 스스로 부풀리기도 했다.

소설을 피해서 도망다니면서 나는, 버리지 못하는 버릇처럼 받아볼 사람 없는 연서를 쓰듯 시를 썼다. 이상하게도 시가 자꾸 씌어졌다. 소설이 무서워서 도망다니다가 시가 생각날 때면 그렇게 평화로울 수가 없었다. 시를 밖으로 드러내놓고 쓰지는 않겠다던 나의 마음도 무너졌고 죽기 전에 한 권쯤만 더 만들겠다던 생각도 바뀌어서 1991년 봄에 미학사에서 세 번째 시집 『생각나지 않는 꿈』을 냈다. 도망병의 수첩 같기도 한 그 시집에는 나의 눈물과 추억이 배어 있어서 다시 모든 것을 출발시키는 심정으로 요즘은 나 스스로에 대하여 겸허하게 생각하고 있다. 무슨 생각을 하느냐고 스스로 물어도 나는 얼른 대꾸할 수 없으나, 이제야말로 하늘과 땅의 모습이 온전히 보이기 시작하고 사람과 사람 사이의 모습이 해맑게 보이는 나이가 되고 보니, 내가 아직 확신하지 못하는 나의 운명과 비로소 일체가 될 수 있을 것 같다. 내가 시인이며 소설가인 이유 그리고 대학교수이자 시인이며 소설가가 바로 '나'인 이유를 스스로 밝혀나가는 마지막 작업을 위하여 아주 조용하고 무력하게 오늘밤 책상머리의 등불을 홀로 밝히고 있다.

지금의 느낌은 이상할 정도로 너무 고요하고 적막해서 나의 모든 것이 기능정지 판단정지의 상태에 이른 것 같다. 쇠똥구리처럼 살아온 소외와 고독의 방법을 버리고 좀 더 광활한 지평을 향하여 눈을 크게 뜰 법도 하련만 웬일인지 나는 지금 무념무상의 상태가 된다. 그러나 그동안의 내 삶과 내 이웃의 사랑을 되돌아보면서 눈시울이 뜨거워지는 것도 숨길 수 없다.

나는 이제 완전히 무의 입장으로 아무것도 가진 것 없는 빈자의 몸이 되었다. 그동안 나는 고독의 상태에 갇혀 있었다고 스스로 믿은 것과는 달리 너무 많은 것을 소유하고 있었다는 생각도 든다. 이제 내가 나도 모르게 지니고 있던 것들을 하나씩 버리면서 내가 꿈꾸는 알몸으로서의 '나'에게 다가가서 어릴 때부터 지녀왔던 배고픔의 황홀감을 다시 되찾아 나가야 한다. 나는 항상 배가 고프다. 어린시절 배가 고파서 울고 진달래꽃 따먹고 송기 해먹던 슬픔과 학교 다닐 때의 쓰라렸던 가난을 나는 아직도 잊지 못한다.

나는 배고픔과 가난 속에서도 순은이 빛나는 아침을 기도하며 여기까지 왔다. 마침내, 여기까지 왔고, 이제 잠시 쉬었다가, 다시, 아득한 길로 나선다.

2부

우리말의 숨결

오 탁 번

말을 배우는 갓난아기

나는 시를 쓸 때 꼭 처음 말을 배우는 아기가 된 양 뻔히 아는 말도 사전을 다시 찾아본다. 우리말이 지닌 넉넉하고 낙낙한 오묘한 뜻에 푹 빠져 있는 셈이다. 우리가 흔히 쓰는 형용사나 부사는 '큰 말' '작은 말'로 구분이 되어 있는 경우가 많다. 몇 년 전 「밥냄새」라는 시를 쓸 때도 수없이 사전을 찾아보았다. 어릴 때 이웃 진외가 집으로 어머니의 등에 업혀 밥을 얻어먹으러 가곤 했는데, 수십 년이 흐른 지금까지 나의 기억 속에는 그때 풍겨오던 맛있는 밥냄새가 원형질 그대로 살아 있다.

    하루걸러 어머니는 나를 업고
    이웃 진외가 집으로 갔다

지나다가 그냥 들른 것처럼
어머니는 금세 도로 나오려고 했다
대문을 들어설 때부터 풍겨오는
맛있는 밥냄새를 맡고
내가 어머니의 등에서 울며 보채면
장지문을 열고 진외당숙모가 말했다
—언놈이 밥 먹이고 가요
그제야 나는 울음을 뚝 그쳤다
밥소라에서 퍼주는 따끈따끈한 밥을
내가 하동지동 먹는 걸 보고
진외당숙모가 나에게 말했다
—밥 때 되면 만날 온나

아, 나는 이날 이때까지
이렇게 고운 목소리를 들어본 적이 없다
태어나서 젖을 못 먹고
밥조차 굶주리는 나의 유년은
진외가 집에서 풍겨오는 밥냄새를 맡으며
겨우 숨을 이어갔다

—「밥냄새 1」 전문, 시집 『손님』(황금알, 2006)

위의 시에 나오는 '하동지동'이라는 말은 '허둥지둥'의 작은 말이지만, 나는 이 시를 쓸 때도 '하동지동'이라는 말을 찾느라고 애를 먹었다. 하동지동 먹는다고 해야 배가 고파서 밥을 먹는 어린아이의 모습이 그대로 선명하게, 또 눈물겹게 떠오르는 것이다. 이 시는 나의 유년시절의 실제상황을 재현한 시인데 이렇듯 하찮은 형용의 말 하나가 이 시를 살리고 죽이는 열쇠 노릇을 하게 되는 것이다. '밥소라'는 밥·떡국·국수 등을 담는 큰 놋그릇을 뜻한다. 처음에는 그냥 '밥통'이라고 썼다가 이보다 더 좋은 우리말이 있을 것 같은 생각에 사전을 찾아보았다. 나는 '밥소라'라는 말을 발견했다. 배고픈 아이가 밥을 먹는 모습을 어떻게 절실하게 표현할까 궁리했다. '허둥지둥' '부리나케' '허겁지겁', 우선 떠오르는 낱말은 대충 이런 것이었다. 나는 사전을 찾다가 '허둥지둥'의 '작은말'이 '하동지동'이라는 것을 처음 알게 되었다. 하동지동! 얼마나 예쁜 말인가. 아이가 하동지동 밥을 맛있게 먹는다고 표현을 하면 그 아이가 입술을 벌린 입의 크기는 물론 구걸하는 거지가 아닌 귀여운 아이의 자태까지도 생생하게 드러나는 것 같았다. '하동지동'이라는 말을 발견하고 나는 심마니가 산삼을 찾은 듯 한밤중에 혼자서 위스키를 한 컵 단숨에 비운 기억이 새롭다.

시적 언어는 꼭 사전에 나오는 뜻만으로 그 묘미가 살아나는 것은 아니다. 사물을 보는 각도와 위치에 따라서 아주 기막힌 뜻을 파생시킨다. 「알 수 없어요」에서 만해는 지상에서 나무를 올려다보는 것이 아니라 꼭 헬리콥터를 타고 내려다보는 듯한 시점을 취하고 있다.

꽃도 없는 깊은 나무에 푸른 이끼를 거쳐서 옛 탑(塔) 위의 고요 한 하늘을 스치는 알 수 없는 향기는 누구의 입김입니까.

— 한용운, 「알 수 없어요」 중에서

'깊은 나무'라니? 나는 젊을 때 이와 같은 절묘한 이미지를 그냥 소경 코끼리 만지듯 덤벙덤벙 읽고 지나쳤다. 그러다가 십 년도 더 전에 백담사에서 열리는 여름 시인학교에 참가했다가 무심히 백담사 뒷산에 높이 솟아 있는 나무숲을 보다가 문득 이 구절의 진정한 뜻을 깨우치게 되었다. 솔개가 상수리 가지에 앉았다가 휙 날아오르는 모습을 보면서, 아, 만해가 바로 솔개의 시점을 차용하여 '깊은 나무'라는 어불성설의 표현을 한 것이구나, 이런 생각이 다따가 났던 것이다.

만해는 지금 헬리콥터를 타고 숲을 내려다보고 있는 것이다. 그러니까 '깊은 나무'라는 이미지를 창조할 수 있었던 것이다. 이러한 표현은 무현금(無絃琴)에서 울리는 소리와 같아서 웬만한 이목(耳目)이 아니고는 들을 수도 볼 수도 없는 법인데 나는 운 좋게도 만해의 교묘한 시적 장치를 눈치 챘던 것이다.

시적 상상력의 헬리콥터를 탄 시인이 또 한 명 있다.

첩첩 산중에도 없는 마을이 여긴 있습니다. 잎 진 사잇길, 저 모
래뚝, 그 너머 강기슭에서도 보이진 않습니다. 허방다리 들어내면
보이는 마을.

— 박용래, 「월훈(月暈)」 중에서

아예 이 시의 시점은 달무리 너머 까마득한 천상으로 이동해 있
다. 헬리콥터가 지상 몇 킬로미터까지 비행할 수 있는지는 모르겠으
나 시인은 지금 너무 높이 날아올라 위험천만이다. 이 위험천만한 허
공에서 시인은 노래한다. 달무리라는 허방다리를 걷어내면 창마다
모과빛 불빛이 다정한 '마을'이 비로소 보인다.

장자(莊子)에 포정해우(庖丁解牛)라는 말이 나온다. 포정이라는
사람은 소를 수십 년 동안 잡았는데도 소 잡는 칼이 하나도 녹슬거나
무뎌지지 않아 금방 숫돌에서 갈은 것 같았다고 한다. 사람들이 그
연유를 묻자, 소 뼈다귀에는 보이지 않는 틈새가 있고 잘 갈은 칼은
두께가 없는 법이니 그 칼로 소 뼈다귀의 틈새를 쳤기 때문이라고 대
답했다고 한다. 시인이 언어를 다룰 때도 마찬가지이다. 언어가 지닌
속살을 왜곡하지 않고 시어로 차용할 때 비로소 시적 상상력과 언어
가 운명적 해후를 하게 되는 것이다.

미당의 「질마재 신화」 시편에 보면 '뙤약볕 같은 놋쇠요령'이라는

이미지가 나온다. 이와 같은 비유는 너무나 절묘해서 도저히 말로 설명할 수가 없다. 그야말로 형언할 수 없는 초월적 비유이며 원형적 심상이다. 미당은 생전에 지은 죄값을 이 비유 하나만으로 다 갚고 남을지도 모른다.

타임머신

만일 내가 대학 1학년 때 신춘문예에 당선이 됐더라면 어찌 되었을까. 손끝 재주만 믿고 기고만장해 하다가 종당에는 인생이고 문학이고를 다 망쳐먹지나 않았을까. 정말 그렇게 되었을 것이다. 돌이킬 수 없는 재앙이 되었을 것이다. 대학 3학년 때 '이게 마지막이다'라는 비장한 마음으로 응모한 시가 당선되었다는 사실은 지금 생각해보면 내 인생의 보이지 않는 축복이요, 나침반이 되었다고 생각한다.

날 버리고 돌아서려는 마지막 순간 벼랑 끝에서 붙잡은 애인과 함께 40년 넘게 살아오고 있는 셈이다. 요즘 내가 살아가는 이러한 모습이 그때그때 내 작품 속에서 맨 모습을 드러낸다. 나는 아직도 아득히 흘러간 세월 속에, 밤송이머리로, 여드름이 난 사춘기 소년으로, 불안하기만 했던 청년의 모습으로 붙박여 있다. 나는 지금 제 나이는

요즘 내가 살아가는 이러한 모습이
그때그때 내 작품 속에서 맨 모습을 드러낸다.
나는 아직도 아득히 흘러간 세월 속에, 밤송이머리로,
여드름이 난 사춘기 소년으로, 불안하기만 했던
청년의 모습으로 붙박여 있다.

다 까먹고 정신적으로 소년 고착증후군에 붙잡혀 있는 신세다.

같은 동네에 사는 이종택과 함께

백운지(白雲池) 아래 방학리(放鶴里)에 사는

초등학교 동창 김종명이네 집에 놀러 갔다

멍석에 널린 고추가 뙤약볕 같이 따갑고

함석지붕에는 하얀 박이 탐스러웠다

누렁이 한 마리가 마당에서

제 똥냄새 맡다가 꼬리를 쳤다

찰칵! 한 장 찍고 싶은

우리 농촌의 옛 풍경 속으로

재작년 추석 무렵에 무심코 쑥 들어갔다

안방에서 머리가 하얀 안노인네가 나왔다

어릴 때 친구 집에 놀러 가면

나는 어른들께 답작답작 큰절을 잘 했다

그러면 친구 어머니가 씨감자도 쪄주고

보리쌀 안쳐 더운밥도 해주곤 했다

종명이 어머니가 여태 살아계시는구나!

나는 얼른 큰절을 하려고 했다

그 순간 몇 만 분의 1초의 시간이 딱 멈추었다
종명이가 제 어머니에게 말하는 소리가
우주에서 날아오는 초음파처럼 아득하게 들려왔다
―임자! 술상 좀 봐!
초등학교 동창 마누라에게 큰절할 뻔한 나는
블랙홀에 빠진 채 허우적거렸다

머리가 하얀 초등학생 셋은
무중력 우주선을 타고
저녁놀 질 때까지 술을 마셨다
―방학리(放鶴里)에 왔으니 학(鶴) 한 마리 잡아다가
 안주로 구워먹자 씨벌!
종택이와 종명이는 내 말에 장단을 맞췄다
―그럼 그렇고 말고지, 네미랄!
광속(光速)보다 빠르게 블랙홀을 가로지르는
학(鶴)을 쫓아가다가
그만 나는 정신을 잃고
종택이 경운기에 실려 돌아왔다

―「블랙홀」 전문, 시집 『손님』(황금알, 2006)

애년(艾年), 즉 오십 줄에 들어서면서 힘이 부치는 탓에 소설을 멀리하고 시를 본격적으로 발표하기 시작하여 '시인'이라는 내 본연의 자리로 돌아오게 된 것이 참 다행한 일이라는 생각을 종종 하게 된다. 약쑥처럼 머리가 하얗게 되는 나이를 일컫는 '애년(艾年)'이라는 말처럼, 나는 이제 오십 줄도 지나 곧 종심(從心)의 나이가 됐지만, 약쑥처럼 흰 머리로 시를 생각하며 살아간다. 나의 약쑥 같은 시들이 시집 『겨울강』(세계사, 1994), 『1미터의 사랑』(시와시학사, 1999), 『벙어리장갑』(문학사상사, 2002), 『손님』(황금알, 2006), 『우리 동네』(시안, 2010), 『시집보내다』(문학수첩, 2014)에 다 들어 있다.

나는 지금도 시를 쓸 때면 그 옛날 절망 속에서 등단을 꿈꿀 때처럼 그렇게 쓴다. 등단 40년이 넘었다고 괜히 밥그릇만 앞세우면서 어깨에 힘주고 쓰지 않는다. 그러므로 나의 시는 언제나 '아직 태어나지 않은 시인'의 서툰 작품이기를 소망한다. 마음 먹은 대로 해도 법을 어기지 않는 무(無)와 공(空)의 나이가 된 것이다. 어쩌자고 시에다가 이토록 삼천배(三千拜) 삼만배(三萬拜) 아니 황하사배(恒河沙拜)하면서 살았던 것일까. 나는 옛 선비들이 좋은 서화를 보고 배관기(拜觀記)를 쓰듯 내가 바라보는 물상 하나하나가 우주에서 유일무이한 절묘한 예술작품이라는 생각으로 절하고 또 절한다. 추억도 사랑도 슬픔도, 낙엽 한 잎도 이슬 한 방울도, 그들이 지닌 황금비(黃金比)에 머리 숙여 절하면서 공손히 기록하고 있다.

수를 놓는 수틀에서 실 한 오라기라도 느슨해진다거나 실의 굵기가 0.01밀리라도 차이가 나면 수틀 위에 팽팽히 놓여 있는 수예(手藝)는 더 이상 수예가 아니다. 이 말은 시를 쓰는 사람이면 하루에도 몇 백 번 곱씹어서 자신과 육화된 눈썰미와 손맛이 되도록 익혀야 하는 것이다.

시를 쓸 때 언어는 물론 시적 구성이나 구조에 늘 유의를 하게 된다. 「포유도(哺乳圖)」라는 시를 쓸 때도 그랬다. 그 안에 자리잡고 있는 우리말의 오밀조밀한 뜻과 소리 그리고 아주 짧은 서사(敍事)처럼 구성되고 있는 장면과 분위기를 살리려고 했다.

닭이나 비둘기를 부를 때는 '구구구' 하고 개를 부를 때는 '워리워리', 고양이를 부를 때는 '아나나비야' 한다. 송아지를 부를 때는? 어느 날 무슨 글을 쓰다가 이게 궁금해져서 시골 노인에게 물었더니 '네미'라고 한다. 사전을 찾아보았더니 영락없이 딱 맞다. 할머니가 며느리를 부를 때 '에미 에미' 하는 것이나 사람들이 송아지를 부를 때 '네미 네미' 하는 것이 원래는 동일음(同一音)의 같은 의미가 아니었을까. 사람이나 소나 다 포유동물이니까 부르는 호칭이 원래는 다 같았을지도 모른다는 엉뚱한 생각도 들었다.

'이랴 이랴'는 소를 몰 때 하는 소리고 '워 워'는 소를 멈출 때 하는 소리이다. 왼쪽으로 몰 때는 '저라 저라'이고 오른쪽으로 몰 때는 '어뎌 어뎌'이다. 밭을 갈며 소를 부릴 때 하는 농민들의 언어이지만 얼마 전까지도 나는 '네미 네미'나 '저라 저라' 또는 '어뎌 어뎌'같이 소도 알아듣는 우리말을 알아듣지 못했다.

　　나는 아직도 우리말을 첫걸음마부터 배우는 혀 짧은 아기다. 시 한 편을 쓸 때마다 줄잡아서 국어사전을 서른 번을 펼친다. 이처럼 나는 아직도 습작을 하는 병아리 시인이다. '개썹단추'라는 말도 얼 마 전에 처음 배웠다. 좁은 헝겊조각으로 여자의 쪽진머리 모양으로 만든 단추가 개썹단추이다. 흔히 시인을 '말 만드는 사람word maker'이 라고 부른다. 이토록 절묘한 시각적 심상을 만들어낸 옛 할아버지와 할머니들은 모두 다 빼어난 시인이었다는 생각이 든다.

　　밭가는 어미소 따라
　　강동강동 뛰는 송아지를
　　—네미! 네미!
　　할머니가 부르며
　　등에 업은 아기를 추스른다
　　밭에서 일하던 며느리는
　　송아지 부르는 소리를 듣고
　　—에미! 에미!
　　저 부르는 말인 줄 알고
　　밭두둑으로 냉큼 올라온다
　　—음마! 음마!
　　아기가 방싯방싯 웃는다

─저라! 저라!

─어뎌! 어뎌!

소모는 힘찬 소리에

왼쪽으로 오른쪽으로 내딛는

어미소 따라가며

─음매! 음매!

송아지가 젖 보채며 운다

배냇머리같이 보드라운

금빛 털이 함함하게 빛난다

─음마! 음마!

에미 젖 먹는 아기를 보며

할머니가

어미소 모는 애비에게 말한다

─송아지도 젖 보채누나

할머니의 말을 알아들은 듯

─음매! 음매!

어미소가 송아지를

송아지가 어미소를

서로서로 부른다

젖 먹던 아기가 옹알이하며

쇠젖 먹는 송아지를
도렷도렷 처다본다

—「포유도(哺乳圖)」 전문, 시집 『시집보내다, 2014』(문학수첩, 2014)

'쇠젖 먹는 송아지를 도렷도렷 처다보는 옹알이하는 아기'가 바로
시인이다. 아직 말도 못하는 갓난아기의 시선을 빌려서 사물을 재구
성하는 과정이 참된 시창작과정이라고 할 수 있다.

다음의 시에 나오는 '눈흘레' '널비' '홰친홰친' '공중제비' '엘레
지' 같은 말은 말의 뜻이나 어조 그 자체가 하나의 시적 보석이라고
생각한다.

자가운전하는 예쁜 여자가
내가 달리는 차선으로
얌체같이 끼어들기하고는
차창 밖으로 흔드는 하얀 손을 보면
무 베어먹듯 그냥 한 입 물고 싶다
눈 마주치면 눈흘레나 하고 싶다
뒤에서 들이받을 생각 아예 말고
살가운 접촉사고나 내고 싶다
—지금쯤 고향의 억새밭 물녘에서는

무지개도 뛰어넘을 만한 힘센 황소가
널비에 황금빛 털이 간지럽겠다

밤길에 잽싸게 끼어들기하고는
점멸등 깜박이며 달아나는 차를 보면
반딧불이가 반딧반딧 짝을 찾는 것 같다
나도 한 마리 반딧불이가 되어
하늬바람에 공중제비하고 싶다
홰친홰친하는 낚싯대 펴고
동동거리는 형광찌 불빛따라
얄미운 붕어 한 마리 잡고 싶다
─지금쯤 고향 집 지붕에는
하양 박꽃이 환하게 피어
은하수까지 다 물들이겠다

─「연애」 전문, 시집 『벙어리장갑』(문학사상사, 2002)

몇 해 전 동네 사람들과 술추렴을 한 일이 있었는데 나는 그날 처
음으로 '엘레지'라는 우리말을 배우게 되었다. 나는 그때까지 '엘레
지'라는 우리말이 있는지 땅띔도 못했었다.

말복날 개를 잡아 동네 술추렴을 했다

가마솥에 발가벗은 개를 넣고

땀 뻘뻘 흘리면서 장작불을 지폈다

참이슬 두 상자를 다 비우면서

밭농사 망쳐놓은 하늘을 욕했다

술이 거나해졌을 때

아랫집 김씨가 나에게 말했다

―이건 오씨가 먹어요, 엘레지요

엉겁결에 길쭉하게 생긴 고기를 받았다

엘레지라니? 농부들이 웬 비가(悲歌)를 다 알지?

―엘레지 몰라요? 개 자지 몰라요?

30년 동안 국어선생 월급 받아먹고도

'엘레지'라는 우리말을 모르고 있었다니!

그날 밤 꿈에서 나는 개가 되었다

가마솥에서 익는

나의 엘레지를 보았다

―「엘레지」 전문, 시집 『벙어리장갑』(문학사상사, 2002)

　윤동주가 "잎새에 이는 바람에도 나는 괴로워했다"라고 한 것이
나 정지용이 "절터 드랬는데/ 바람도 모히지 않고"라고 한 것도 사

실은 아이의 발상이기에 가능한 수사였을 것이다. 서정주가 "멀리 서 있는 바다" 혹은 "산호도 섬도 없는 저 하늘로"라고 노래한 것도 다 우리말을 갓 배우는 어린아이와도 같은 시선이 있었기에 가능한 것이었다. 그렇지 않고서야 어떻게 잎새에 이는 바람을 보면서 괴롭다고 토로할 수 있었겠는가. 어른의 고착된 시선으로는, 대웅전 앞에 때마침 불어오던 작은 회오리바람을 생각해내고 이젠 절이 무너져버린 쓸쓸한 절터에는 더 이상 바람도 불지 않는다는 단순하고도 생뚱맞은 생각을 할 수 없었을 것이다. 어린이처럼 철없고 꾸밈없는 시선이 아니고는 눈앞에 펼쳐진 자연의 오묘한 스펙트럼을 도저히 볼 수 없었을 것이다. 프리즘을 통해서 햇빛을 보듯 아이들은 사물의 빛깔을 있는 그대로 보는 것이다.

서정주가 '바다'에 관한 관습을 일거에 무너뜨리고 '서 있는 바다'라고 한 것도, 또 '하늘'에는 산호나 섬이 없다는 자명한 사실을 이제 난생 처음으로 깨닫는 것처럼 능청을 떠는 것도 아이의 시선을 회복했기 때문에 가능한 일이었을 것이다. 시인은 마땅히 어린아이의 말씨와 눈높이를 지녀야 한다. 우리말이 지닌 원형심상의 신비한 그늘은 우주를 다 덮고도 남는다.

백두산 천지 앞에서

1

하늘과 땅 사이가 너무 가까워 장백소나무 종비나무 자작나무 우거진 원시림 헤치고 백두산 천지에 오르는 순례의 한나절에 내 발길 내딛을 자리는 아예 없다 사스레나무도 바람에 넘어져 흰 살 결이 시리고 자잘한 산꽃들이 하늘 가까이 기어가다 가까스로 뿌리내린다 속손톱만한 하양 물매화 나비날개인 듯 바람결에 날아가는 노랑 애기금매화 새색시의 연지빛 곤지처럼 수줍게 피어있는 두메자운이 나의 눈망울 따라 야린 볼 붉히며 눈썹 날린다 무리를 지어 하늘 위로 고사리 손길 흔드는 산미나리아재비 구름국화 산매발톱도 이제 더 가까이 갈 수 없는 백두산 산마루를 나홀로 이마에 받들면서 드센 바람 속으로 죄지은 듯 숨죽이며 발걸음 옮긴다

2

솟구쳐 오른 백두산 멧부리들이 온뉘 동안 감싸안은 드넓은 천지가 눈앞에 나타나는 눈깜박할 사이 그 자리에서 나는 그냥 숨이 막힌다 하늘로 날아오르려는 백두산 그리메가 하늘보다 더 푸른 천지에 넉넉한 깃을 드리우고 메꽃은 우레소리 지나간 여름 한나절 아득한 옛 하늘이 내려와 머문 천지 앞에서 내 작은 몸뚱이는 한꺼번에 자취도 없다 내 어린 볼기에 푸른 손자국 남겨 첫 울음 울게 한 어머니의 어머니 쑥냄새 마늘냄새 삼베적삼 서늘한 손길로 손님이 든 내 뜨거운 이마 짚어주던 할머니의 할머니가 백두산 천지 앞에 무릎 꿇은 나를 하늘눈 뜨고 바라본다 백두산 멧부리가 누리의 첫 새벽 할아버지의 흰 나룻처럼 어렵고 두렵다

3

하늘과 땅 사이는 애초부터 없었다는 듯 천지가 그대로 하늘이 되고 구름결이 되어 백두산 산허리마다 까마득하게 푸른하늘 구름바다 거느린다 화산암 돌가루가 하늘 아래로 자꾸만 부스러져 내리는 백두산 천지의 낭떠러지 위에서 나도 자잘한 꽃잎이 되어 아스라한 하늘 속으로 흩어져 날아간다 아기집에서 갓 태어난 아기처럼 혼자 울지도 젖을 빨지도 못한다 온가람 즈믄 뫼 비롯하는 백두산 그 하늘에 올라 마침내 바로 서지도 못하고 젖배 곯아 젖니도 제때 나지 못할 내 운명이 새삼 두려워 백두산 흰 멧부리 우러르며

얼음빛 푸른 천지 앞에 숨결도 잊은 채 무릎 꿇는다

「백두산 천지」는 1994년 『동서문학』 겨울호에 처음 발표된 작품이다. 그해 여름 제4시집 『겨울강』을 내고 중국 여행을 다녀오게 되었다. 한국시인협회에서 중국 조선족 시인들과 어울려 한민족문학의 뿌리와 전망에 관한 세미나를 연길에서 열게 되었다. 그때 나도 발제를 하게 되었는데 워낙 오래 전이라 이젠 제목도 내용도 생각나지 않는다. 세미나가 끝나고 우리는 대망의 백두산 순례길에 나서게 되었다. 우리 일행은 이탄, 유안진, 신달자, 이가림, 오세영, 신협, 임영조, 안정옥 시인 등 30여 명쯤 되었다.

나는 그때까지도 시인보다는 오히려 소설가 쪽에 더 가까운 문인이었다. 젊을 때부터 시를 버린 적은 없지만, 같잖은 아귀다툼 벌이는 시단의 꼬락서니가 영 마음에 들지 않았기 때문이었다. 내가 볼 때는 시도 아닌 것을 시랍시고 써대면서 시단의 온갖 꿀물은 빨아먹는 행태들이 아니꼬왔다. 그러나 나는 누가 뭐래도 엄연한 시인이요 시학교수였다. 이런 갈등 속에서 시집 『겨울강』을 내게 되었다.

그런데 뜻밖에도 이 시집이 '동서문학상' 시부문 수상작으로 선정되었다는 소식을 중국 여행길에서 듣게 되었다. 나는 속으로 좀 놀랐다. 시는 『현대시』 동인지에나 드문드문 발표하던 때였으므로 나를 온전한 시인으로 봐주는 경우도 있다는 사실에 고무되었다. 마침 소설이 너무 힘들어서 좀 쉬려는 중이기도 했다.

처음 오르는 백두산은 과연 숨이 멎을 만큼 장관이었다. 나보다 먼저 백두산에 오른 시인들의 시를 읽은 적이 많지만, 백두산 천지를 보는 순간 나는 나만이 볼 수 있는 백두산의 진짜 모습을 꾸밈없이 형상화하고 싶은 욕망이 샘솟았다. 웬만한 절경을 보아도 좀처럼 기행시나 풍경시를 쓰지 않던 나에게 왜 그런 원색적인 욕망이 생겼는지 나도 좀 당황스러웠다. 단군신화, 배달민족, 나의 어머니 등으로 이어지는 시적 상상력이 거미줄처럼 내 영혼을 휩싸는 것이었다.

『동서문학』 겨울호에 수상자 특집으로 신작시를 몇 편 써야 했기 때문에 나는 중국 여행에서 돌아와 「백두산 천지」를 쓰느라고 온 정성을 기울였다. 아니, '밤을 지새웠다'라고 말해야 더 정확할 것이었다. 이 시를 쓸 때 고심했던 뒷이야기를 몇 년 뒤, 백두산에 다시 갔다 온 후 어느 글에선가 나는 이렇게 털어놓은 적이 있다.

　　백두산 천지를 다녀와서 나는 혼신의 힘을 기울여 시 한 편을 쓴 일이 있는데, 부끄러워서 차마 입을 열 수는 없으나, 그 시를 쓸 때 내 마음 속에는 먼 후일을 기약하는 간절한 희구가 있었다. 국어사전과 고어사전을 수십 번 들춰보고 백두산에 자생하는 식물의 도감을 찾아서 야생화 이름과 나무 이름을 샅샅이 조사하고 새벽에 홀로 깨어 스스로 암송하며 운율을 다듬으면서, 신이 지핀 듯 지우

처음 오르는 백두산은 과연 숨이 멎을 만큼 장관이었다.
나보다 먼저 백두산에 오른 시인들의 시를 읽은 적이 많지만,
백두산 천지를 보는 순간 나는 나만이 볼 수 있는
백두산의 진짜 모습을 꾸밈없이 형상화하고 싶은 욕망이 샘솟았다.

고 쓰고 또 지우고 한숨 쉬면서 쓴 작품이다.

먼 후일을 기약하는 간절한 희구? 지금 털어놓자면, 이다음 통일이 된 다음 국어교과서를 편찬하는 일이 있을 때 기필코 바로 나의 「백두산 천지」가 그 첫 페이지를 장식하리라는 확신에 기인한 희구였다. 북의 시인 조기천의 「백두산」이나 남의 시인들이 중구난방으로 쓴 '백두산' 시편들과는 비교되는 것조차 용납되지 않는 「백두산 천지」라고 나는 확신하곤 했다. 좀 웃기는 일기기는 하지만 정말 그랬다. 그런 희구의 한가닥 징후로서 이 시가 뒤늦게 1997년 정지용문학상 수상작으로 선정되었는지도 모른다.

「백두산 천지」는 시인으로서의 나의 생애에도 무시무시한 전환점을 만들어준 작품이다. 우리말의 아름다운 숨결이 배어 있지 않은 시는 시가 아니라는 나만의 선언을 실천하게 만들어준 작품이었다. 시집 『겨울강』 이후에 낸 시집 『1미터의 사랑』 『벙어리장갑』 『손님』 『우리 동네』 『시집보내다』에는 우리말의 숨과 결이 녹아 있는 '밤을 지새운' 나의 자화상이 고스란히 담겨 있다고 할 수 있다.

지금도 「백두산 천지」를 읽어보면서 이상한 느낌에 사로잡힐 때가 많다. 내가 쓴 것이 아니라 보이지 않는 절대자가 부르는 대로 받아쓴 작품 같다. 내 시세계의 전체 무게는 사실상 이 한 편으로 족하다는 평화로운 마음이 생길 때마다 나는 조용히 혼자서 웃는다.

시는 무섭다. 백두산은 더 무섭다.

우리 동네

2010년 가을 여덟 번째 시집 『우리 동네』(시안, 2010)를 상재했다. 내 동년배의 시인들과 비교하면 시력 40여 년에 겨우 여덟 번째 시집을 냈다는 것이 과작에 속하는 것인지도 모른다. 3, 40대에는 소설을 많이 발표했다. 그래서 젊은 날에는 시를 발표하는 일이 극히 드물었던 게 사실이다. 그러나 나는 언제나 '시인'을 나의 운명으로 받아들이고 있었기 때문에 시를 잊은 적은 한 번도 없었다. 학교에서 시론을 강의하면서 틈틈이 노트에 시를 써서 『현대시』 동인지에 드문드문 발표하곤 했다.

평생 동안 대학교수로서 생활했기 때문에 온전한 시인으로서의 삶보다는 종합적이고도 보편적인 문학인으로서의 삶을 살아야 한다고 스스로 마음먹고 있었는지도 모른다. 강의와 논문 등 대학교수로서의 의무도 게을리 할 수 없었으므로 문단과는 어느 정도 거리를 유지하고 있었던 셈이다. 그러다가 40대를 지나면서 소설창작보다는 시에 더 집중하게 되었다. 내 본연의 숙명인 '시인'의 자리로 온전히 돌아온 것이었다. 그동안 사오 년 간격으로 시집 한 권씩을 상재한 셈이다.

내 시집 『우리 동네』는 나의 고향과 직접 관련이 있는 시집이다. 그만큼 나의 진면목이 잘 나타난 시집이라고 할 수 있다.

나는 지난 2003년 내 고향으로 낙향을 했다. 정년을 5년 앞두고였다. 내가 졸업한 백운초등학교의 애련분교를 인수하여 '원서문학관'을 만들었다. 원서(遠西)는 백운면의 조선시대 지명이다. 제천시에서 제일 먼 서쪽에 있는 면이란 뜻이다. 원서문학관에서 나는 1주일의 반은 지낸다. 행정구역상으로는 백운면 애련2리인데 고유지명은 '한치'이다. 열댓 가구밖에 안 되는 작은 동네이다. 지금이야 물론 왕복 2차선 포장도로가 놓였지만 이 동네는 백운면 면소재지에서 약 10킬로미터 떨어져 있는 한갓진 동네이다.

나는 이 동네에 살면서 참으로 여러 가지를 배우게 되었다. 내가 잊고 지냈거나 무심결에 지나쳤던 고향의 모습이 원초적인 시적 모티브로 맹렬하게 다가왔던 것이다. 시골 농부들이 무심결에 하는 이야기도 곧바로 나의 시혼을 흔들어 깨웠다.

내 시 가운데 '고향'을 노래한 작품은 꽤 있지만 특히 다음의 「낙

향(落鄕)을 위하여」를 보면 벌써 오래 전부터 내 고향을 찾아서 시적
여행을 하고 있었던 것이다.

　　까마득하게 흐려져버린

　　내 사랑의

　　호적등본(戶籍騰本)만한 빈터가

　　실은 내 생애(生涯)의 전부였음을

　　이제야 알겠다

　　술지게미 먹고

　　깨금발로 뛰어놀던

　　내 사랑의 빈터에

　　말 안 해도 마음 다 알아줄

　　아주 예쁜 사람이

　　살고 있음을

　　이제야 알겠다

　　지에밥에 누룩 풀어 담근

　　술항아리에서

　　상강(霜降)날 해거름쯤

　　술이 익으면

　　첫서리 내린 들창문

　　반쯤 열어놓고

마주 앉아 잔(盞) 비우고 싶은

내 마음의 노른자위가 될

아주 예쁜 사람을

전생(前生)의 꿈을 꾸듯

찾아가야겠다

—「낙향(落鄉)을 위하여」 전문, 시집 『1미터의 사랑』(시와시학, 1999)

나를 놀라게 한 것은 시골 농부들만이 아니었다. 한치 동네를 둘러싸고 있는 자연 풍경 또한 내 시세계의 핵심적 배경이 되었다. 시집 『우리 동네』는 이와 같은 농촌 마을의 풍경과 그 속에서 살아가는 농부들의 모습이 그대로 반영되어 있다고 할 수 있다.

나는 시집 『우리 동네』의 '머리말'을 다음과 같이 짧게 썼다.

내가 사는 애련리(愛蓮里)의 삼절(三絶)은 제비, 수달, 반딧불이이다. 나는 이제 제비똥, 수달똥, 반딧불이똥이나 돼야겠다.

자연을 수사적으로 발견하고 묘사한다는 건방진 생각을 접고 나는 고향의 모습을 보이는 대로 그냥 '받아 적는' 자세로 시를 썼다. 흔히 말하는 사물의 시적 변용이란 용어도 나의 이번 시집 앞에서는 속절없는 말이 된다. 내 고향의 자연 그것 자체가 완벽한 시적 구조였다. 제비가 날아와서 집을 짓고 강에는 수달이 살고 밤하늘에 반딧불이가 반딧반딧 사랑의 등을 깜박이는 청정한 동네는 그대로 우리 모국어가 살아서 숨쉬는 하나의 '시적 구조'인 것이다. 우리 모국어의 살가운 숨결을 시어로 발굴하는 데 주력했다. 겉으로야 우리말처럼 보이지만, 속을 들여다보면 외래어에 찌들어 반신불수가 된 말을 손쉽게 시어로 채용하는 것은 시인의 직무유기라고 생각했기 때문에 사전을 수도 없이 뒤적이며 우리의 토착어를 살려내는 데 혼신의 힘을 기울였다.

나는 시를 쓸 때면 우리말 사전을 수도 없이 찾아본다. 이게 나쁜 버릇이라고 해도 나는 그만둘 생각이 전혀 없다. 정말로 왜 그런지 나이 들수록 우리말을 갓 배우는 아기처럼 덜 떨어진 시인이 돼버린 셈이다. 시를 쓴 지 반세기가 됐는데도 왜 이렇게 시 쓸 때마다 서툴게 고치고 또 고치면서 새로운 말을 찾아 몇 날 며칠을 암흑 속에서 헤매는 것일까.

잣눈이 내린 겨울 아침, 쌀을 안치려고 부엌에 들어간 어머니는
불을 지피기 전에 꼭 부지깽이로 아궁이 이맛돌을 톡톡 때린다 그
러면 다스운 아궁이 속에서 단잠을 잔 생쥐들이 쪼르르 달려나와
살강 위로 달아난다

배고픈 까치들이 감나무 가지에 앉아 까치밥을 쪼아 먹는다 이

빠진 종지들이 달그락대는 살강에서는 생쥐들이 주걱에 붙은 밥풀

을 냠냠 먹는다 햇좁쌀 같은 햇살이 오종종히 비치는 조붓한 우리

집 아침 두레반

—「두레반」 전문, 시집 『우리 동네』(시안, 2010)

'잣눈'은 한 자가 되도록 많이 온 눈을 뜻한다. 40여년 전 나의 등
단작품인 「순은이 빛나는 이 아침에」도 한겨울의 설경(雪景)을 노래
한 것인데 원래 내 작품의 무의식적인 근저에는 눈 내리는 겨울 풍경
이 잠재해 있는지도 모른다. '숫눈'이라는 말도 있다. 아무도 밟지 않
은 눈을 숫눈이라고 부르는데 남자를 경험하지 않은 순결한 여자를
숫처녀라고 하듯 눈에도 범접 못 할 절대순수가 있는 것이다. '도둑
눈'이라는 말도 있다. 사람이 잠든 한밤중에 내린 눈을 말한다.

　　어린 동백(冬柏)나무 한 그루가

　　힘겹게 겨울을 견디고 있다

　　남도(南道) 시인이 뜻밖에 가져온

　　첫돌 된 내 손녀 키만 한 동백(冬柏)나무를

　　마대(麻袋)로 칭칭 밑동을 싸주고

　　왕겨를 두텁게 깔아주었다

　　앙당그리고 서 있는

동백(冬柏)나무는

1·4 후퇴 피란길에

찰가난한 어머니가

무명 포대기에 싸서 업고 가던

눈깔이 화등잔만 한

연약한 내 어린 몸 같았다

영하 20도까지 내려가는

천등산 박달재의 강추위 속에서

소설(小雪) 대설(大雪) 소한(小寒) 소한(大寒)

사나운 눈보라에 마주서서

호젓이 겨울을 견디는

안쓰러운 동백(冬柏)나무는

1·4후퇴 피란 갔던 상주(尙州) 땅에서

어머니 품에 안겨

겨우겨우 숨을 이어가던

손님이 든 어린 나 같았다

소소리바람 아직 차가운

입춘(立春)날 아침,

일어나자마자 동백(冬柏)나무 보러 나갔다가

나는 입이 딱 벌어졌다

눈에 띨락 말락 좁쌀만 하던

동백(冬柏)나무 꽃봉오리가

어느새 강낭콩만큼 자라서

길둥근 동백(冬柏)잎 사이로

거망빛 볼을 반짝 쳐들고 있다

목숨 부지한 동백(冬柏)나무여

호되고 하전한 생애(生涯)를 견디는 것이

이토록 찬란하다

— 「동백(冬柏) 2」 전문, 시집 『우리 동네』(시안, 2010)

　"길둥근 동백(冬柏)잎 사이로/거망빛 볼을 반짝 쳐들고 있다"(「동백(冬柏) 2」)에 나오는 '길둥근'은 갸름하고 동글다는 뜻이고 '거망빛'은 짙은 적갈색을 뜻한다. 이 땅의 넘쳐날 듯 많은 시인과 독자는 꼭 시에 나타난 언어의 뜻과 결을 조심스럽게 따라가면서 '시'를 읽어야 한다. 그렇지 않고 대충 주제나 파악하고서 시를 이해했다고 하는 것은 야만에 지나지 않는다. '독자'의 대부분이 이른바 '시인'이라는 이 희한한 한국시단의 현실에서는 더욱 그렇다. 독자가 모두 시인이라는 어마어마한 문화현상은 정말 기상천외이므로 더욱 그렇다. 아름다운 모국어를 위해서 『우리 동네』에 나오는 순우리말의 뜻이 널리

이해되기를 바란다. 그윽하고 감칠맛 나는 토종 우리말이 사전 속에서 무기징역을 살고 있는 것은 참 눈물겨운 일이다.

시집『우리 동네』에 실린 작품 중에서 몇 편을 골라 우리말의 숨결이 어떻게 형상화되고 있는지 살펴보겠다.

정월 대보름날 윷놀이 하다가
눈깜작이 한 씨가
술잔을 단숨에 비우고는
그만 쓰러졌다
사람들이 놀라 일으키자
—뭐여? 왜들 이려?
한 마디 하고는 다시 쓰러졌다

동 트자마자 일어나
개 혓바닥 같이 생긴 괭이 들고
논꼬 보러 가던
동네에서 제일 바지런한
조쌀한 한 씨는
영영 일어나지 못했다

한 씨 삼우제 날

동네사람들이 모여
경로당에서 소주를 마셨다
가뭇가뭇한 한 씨 얼굴이
술잔 속에
눈부처인양 언뜻 비쳤다

이승 저승이
입술에 닿는 술잔만큼
너무 가까워서
동네사람들은 함빡 취했다
─잔 안 비우고 뭐 해유?
한 씨에게 자꾸만 술을 권했다

─「**눈부처**」전문, 시집『**우리 동네**』(시안, 2010)

「눈부처」는 우리 동네, 그러니까 한치마을에 살던 한 씨가 어느 날 갑자기 세상을 떠난 것을 있는 그대로 '받아 적은' 이야기이다. '눈부처'는 '눈동자에 비쳐 나타난 사람의 형상'을 뜻하는 우리말이다. '눈깜작이' '논꼬'와 같은 말도 이 시의 서정적 자아와 어울리는 우리말이라는 것을 잘 알아야만 이 시를 제대로 이해하게 될 것이다. 특히 농부가 들고 가는 괭이를 '개 혓바닥 같이' 생겼다고 한 표현도 그렇지만 '조쌀한'이라는 우리말을 찾느라고 어지간히 고심을 했다. '조쌀하다'는 '늙은이의 얼굴이 깨끗하고 조촐하다'라는 뜻이다.

조쌀한 한씨가 갑자기 세상을 떠났다. 술잔 속에 비치는 눈부처 같은 한씨, 슬픔에 겨워죽은 이에게 자꾸 술을 권하는 동네 사람들, 이들이 바로 꾸밈없는 우리들의 얼굴이요, 시적 구조의 주체적 등장인물인 것이다.

'우리 동네'는 자연인 아무개의 특정한 동네가 아니라, 우리 민족의 살을 부비고 살아가는 원형적 공간이다. 그 안에서 살아가는 우리들의 기쁨과 눈물이 배인 삶의 터전이다. 자연을 아끼고 이웃을 배려하고 짐승까지도 다 생각하는 우리 선조들이 지닌 '시인의 마음'이 고스란히 존재하는 더할 수 없이 소중한 시의 무대요 배경이다.

바람결에 자늑자늑 흔들리는
곱슬머리 백발을 한 부처님들이
단체사진 찍고 계신다
부처님들이 떼를 지어
고요한 아침의 나라
애련리 원서헌으로
소풍을 오셨나?
하나 둘 셋, 김치!
가지가 척척 휘도록

부처님들의 곱슬곱슬한 머리통은

참 예쁘게도 크기는 크다

점심공양 알리는 운판(雲版)이 울면

모란꽃 산목련 이팝꽃

자밤자밤 골고루 넣은

점심공양 맛있게 잡수신다

황사(黃砂) 날리는 날

눈썹도 예쁜 나비보살들이

불두화(佛頭花) 송이송이

수련이 벙그는 원서헌 연못물로

머리를 감겨드리면

부처님 큰 머리통에

연못물이 하냥 넘쳐서

실크로드 건너

천축(天竺)의 설산(雪山)도 다 적시겠다

―「불두화(佛頭花)」 전문, 시집『우리 동네』(시안, 2010)

해 설핏 기운 북녘 하늘로

나울나울 날아가는 기러기 떼는

고래실 논바닥에서 벼이삭 쪼아 먹고

미꾸리도 짬짬이 잡아먹어

날갯죽지에는 보동보동 살이 올랐겠다

휴전선 넘어 날아갈 때는

형제끼리 총 겨누는 사람들이 미워서

물똥도 찍찍 내갈기겠다

날아가다가 좀 쉬고 싶으면

황해도 연안 갯벌에 내려앉아

북녘 사람들에게

집집마다 피어오르는 저녁연기와

천수만 갈대밭 흔드는

겨울바람 소리도 전해주겠다

압록강 건너

그 옛날 우리 조상들이 씨 뿌리던

광막한 만주벌 날아갈 때는

기럭기럭 기럭기럭 슬피 울면서

천오백 년 전 고구려 때

흙 속에 깊이 묻혀

여태껏 눈도 못 튼 볍씨의

긴긴 잠을 흔들어 깨우겠다

나볏이 줄지어 날아가는

나는 시를 쓸 때면 우리말 사전을 수도 없이 찾아본다.
이게 나쁜 버릇이라고 해도 나는 그만둘 생각이 전혀 없다.
정말로 왜 그런지 나이 들수록 우리말을 갓 배우는 아기처럼
덜 떨어진 시인이 돼버린 셈이다.

이웃 형제처럼 수더분한 기러기 떼여
고구려 사람들의 조우관(鳥羽冠) 깃털같이
못자리에서 쑥쑥 자라는 모를
마을 사람들이 두렛일로
한 모숨 한 모숨 모내기하듯
몇 천만리 아득한 북녘 하늘을
나울나울 정답게 날아가겠다

— 「안항(雁行)」 전문, 시집 『우리 동네』(시안, 2010)

— 하날때, 두알때, 사마중, 날때,
육낭거지, 팔때, 장군, 고드래뿅!
술래를 정하느라고 떠드는 소리가
토란잎 때리는 빗방울처럼 영롱한데
가위, 바위, 보 잘못 내는 바람에
에이 참, 그만 내가 술래가 된다
— 꼭꼭 숨어라 머리카락 보인다!
가쁘게 외치고 나서
동동걸음으로 숨은 동무들을 찾는데
빨랫줄에 앉은 고추잠자리만

제풀에 날아올랐다 이내 앉는다
일렁이는 감나무 그림자도
굴뚝새 날아오는 검은 굴뚝도
이냥 아슴푸레해지는 해거름,
저녁놀 반짝이는 장독대 사이로
나붓나붓 순이 머리카락이 보인다
까치걸음으로 몰래 다가가서
바둑머리를 톡 때리자
혀를 날름대며 나를 놀린다
— 일부러 잡혀준 거야! 메롱!
숨을 데를 찾으며 생각해 본다
— 쟤처럼 나도 그냥 잡혀줄까?
뒤안으로 뛰어가 토란잎 뒤에
궁둥이가 다 보이게 숨었는데도
순이는 나를 단박에 잡지 않는다
나 혼자 괜히 좀이 쑤시는 사이
나비 한 마리 내 뺨에 살포시 앉는다

—「술래잡기」 전문, 시집『우리 동네』(시안, 2010)

시로 그린 자화상

작가 최인호가 투병하면서 쓴 전작 장편 『낯익은 타인들의 도시』를 읽었다. 항암치료 후유증으로 손톱 발톱이 빠지는 고통을 겪으면서도 '환자'가 아니라 '작가'로서 생애를 살겠다는 의지로 쓴 이 소설은 그 뼈대와 살이 아주 견고하게 짜여진 아름다운 서사구조이다. 무섭고도 신비한 작가정신 앞에 말을 잃는다. 작품을 읽어나가는 동안에 자꾸 떠오르는 작가의 프로필도 독자의 심금을 울리는 또 하나의 '소설'인 양 가슴 저민다.

아직도 원고지에 만년필로 작품을 쓰는 최인호는 골무를 사다가 오른손 가운뎃손가락에 끼우고 불과 두 달 만에 이 작품을 썼다고 한다. '작가의 말'을 직접 들어보자.

고도의 집중력이 요구되는 작업을 어떻게 완성할 수 있었는지 나
로서도 불가사의하다. 내가 쓰는 것이 아니라 누군가 불러주는 것
을 받아 적는 것이 아닐까 하는 경외감을 느낄 때도 있었다. 그만큼
창작욕에 허기가 진 느낌이었고 몸은 고통스러웠으나 열정은 전에
없이 불타올라 두 달 동안 줄곧 하루하루가 '고통의 축제'였다.

최인호와 나는 등단도 엇비슷하게 했고 나이도 어깨동갑이라서
젊은 날부터 알고 지내는 사이였다. 나도 3, 40대에는 소설을 많이
발표했기 때문에 늘 인기작가로서 이름을 날리는 그를 의식하면서
언젠가는 대학교수를 그만두고 전업작가로서 당당히 나서겠다는 야
망을 지니고 있었다. 나이 50이 되면 반드시 전업작가의 길로 나서겠
다는 결심을 남몰래 했다. 그러나 교수직을 중간에 때려치우고 풍찬
노숙의 지뢰밭인 문단으로 나선다는 게 쉽지만은 않았다. 차일피일
하다가 어느덧 50대를 훌쩍 넘기고 있었다.

나는 소설 앞에 일단 백기를 들었다. 소설은 너무 힘들었다. 대학
교수로서의 책임과 사명을 다하면서 소설가로서의 입지를 굳혀나간
다는 일은 차라리 불가능에 가까웠기 때문이었다. 나는 그 당시 젊은
날의 꿈이었던 '시인'의 길로 본격적으로 들어서고 있었다. 그러면서
나는 깨달았다. 내가 그동안 '소설가로서의 작가'가 아니라, '시인으
로서의 작가'였다는 사실을 깨닫고 나는 시창작에 전념키로 했다. 그

동안 시 쓰듯 소설을 썼으니 내 몸과 영혼은 적막하고 황량한 들판이었다. 나는 소설과 작별하고 살기 위해서 시를 썼다.

15년 전쯤의 어느 날이었다. 청계산 등산로 가까이에 있는 어느 카페에서 최인호를 우연히 만났다. 그때도 그는 어느 신문인가 잡지에 대하소설을 연재하며 가장 활발하게 활동하는 대표적인 작가였다. 하도 오랜만에 만난지라 처음에는, 등산복 차림의 사내가 최인호인지 아닌지 긴가민가했지만 곧 서로를 알아보고 커피를 함께 마시게 되었다.

─오형도 소설 쓸 걸 그랬어!

그는 나를 보자 이렇게 말했다. 70년대에는 나도 소설을 많이 발표하는 현역작가였다. 그러나 나는 '작가'이기보다는 언제나 대학교수로 인식되고 있었다. 교수인 나를 아주 부러운 눈으로 바라보던 최인호였다. 그런데 그날 나를 만나자 연민에 가득 찬 눈으로 대학교수 자리에 안주해 있는 나를 바라보는 것이었다.

─그런가?

나는 심드렁하게 대꾸했지만 내심으로 꽤 충격을 받았다. 작가와 교수의 위상이 역전된 것이었다. 대학에서 아무리 문학을 열심히 가르쳐봐야 작가보다는 운명적으로 한 수 아래라는 사실을 내가 모를 리 없었지만 최인호가 이렇게 툭 말하자 나는 꼭 패잔병이나 도망병의 신세가 된 것 같았다. 나는 흔해빠진 대학교수는 아니란다. 이렇게 말하고 싶었지만 다 궁색한 변명에 지나지 않는다는 것을 나는 알았다. 그때 최인호와 무슨 이야기를 더 나누었는지는 기억에 남아 있지 않다.

1998년 가을 내가 시 계간지 『시안』을 창간했을 때 그에게 잡지를 보낸 적이 있다. 아마 오탁번이가 아주 도망가지 않고 시창작에 전력투구하고 있을 뿐만 아니라, 이렇게 시 잡지도 창간했다는 것을 그에게 꼭 알리고 싶었을 것이다. 시인들은 입에 발린 소리로 진짜 잡지가 드디어 나왔다느니 하는 전화를 많이 했지만 그저 시큰둥하게 생각했을 뿐이었는데, 최인호의 전화는 지금도 생생하게 기억이 난다.

─잡지 되겠는데! 진짜 되겠어!

그의 전화는 은근히 나를 고무시켰다. 현대사회 다중의 심리를 누구보다도 꿰뚫고 있는 최인호가 예단하는 말이 '된다!'이니까, 『시안』은 정말로 되는 잡지가 될 수도 있다는 믿음을 은근히 지니게 되었다. 하긴 창간호를 재판까지 찍었으니까, 패거리 만들기와 알음알음으로 신인을 등단시키는 한국시단의 못된 풍조를 단숨에 바로잡을 수 있겠다는 생각도 하게 되었다. 창간호는 4천 부를 찍었으니까 앞으로 5천 부를 넘어서 1만 부까지 판매되는 시 잡지를 한순간 꿈꾸기도 했다.

그후 세월은 많이도 흘렀다. 최인호의 예단이 맞았는가, 틀렸는가. 일락서산, 나 이제, 시인인지 작가인지 어느 쪽이 내 운명인지도 까맣게 몰랐던 그 옛날의 가슴 뛰던 소년시절로 다시 돌아가서, 도대체 문학이 뭔지 이래도 되는 건지 내 운명을 다시 껴안아보고 싶다.

우리시대의 뛰어난 작가, 최인호에게 신의 가호가 있기를!

영화 〈죽은 시인의 사회〉에 나오는 키팅 선생은 명문대학 진학만을 목표로 삼는 학생들에게 'Carpe diem!'이라고 외친다. '현재 이 순간에 충실하라'는 뜻이다. 키팅 선생으로 연기한 배우가 로빈 윌리엄스이다. 그 영화가 극장에서 상영되고 있을 때였다. 하루는 학생들과 어울려서 이야기를 하는 도중에 어느 학생이 이런 말을 했다.

─선생님은 꼭 〈죽은 시인의 사회〉에 나오는 배우와 닮았어요.

나는 이 말을 듣고 그저 기분이 좋아서 '그래?' 한마디 했다. 나는 그때까지 그 영화를 보지 않았기 때문에 나의 어떤 모습이 영화배우와 닮았다는 것인지 종잡을 수 없었지만, 기분은 좋았다. 미국 영화배우라면 일단 미남이 아닌가. 내가 배우처럼 잘생겼다는 소리를 듣고, 아무렴 그렇지 하는 마음이었다. 이 땅의 모든 여자들이 나를 한번 보기만 하면 제풀에 홀딱 쓰러진다는 자기최면에 습관적으로 사로잡혀 있던 나였다. 그래서 그다음에는 어느 자리이건 간에 '내가 미국 영화배우를 빼닮았단다'면서 자랑까지 하고 다녔다. 아예 강조하느라고 '빼'를 덧붙여서 말이다.

몇 달 지나서 비디오테이프를 빌려서 〈죽은 시인의 사회〉를 봤다. 그제야 나는 학생이 말한 뜻을 알아차리고 실소를 했다. 생김새가 아니라, 하는 꼴이 그 배우와 흡사한 것이었다. 하긴, 그 영화를 만들기 전부터 나의 강의실 풍경은 탈교육, 비교육, 반교육 일색이었으니까, 내가 영화배우를 닮은 게 아니라, 그 배우가 나를 닮았다고 말해야 맞는 말이었다.

 교양국어 시간에는 두꺼운 국어교재를 가져오지 못하게 했다. 왜 이렇게 교재가 두꺼운지 아느냐. 교수들이 인세를 많이 타먹으려고 책값을 터무니없이 올리기 위해서 한 짓이다. 학생들은 이런 수에 넘 어가면 안 된다. 강의시간에 다루는 부분만 찢어서 가져와야지 새 교 재가 아깝다고 그냥 들고 오는 학생은 낙제를 시킨다. 학생들은 처음 에는 의아해하다가도 내 말을 바로 알아들었다.

 교재에 실린 글은 다룰 때도 주제와 내용을 요약하고 강의하는 것 이 아니라, 글의 잘못된 부분, 예컨대 주술관계의 불일치, 단락 나눔 의 어설픔, 어휘 선택의 잘못 등을 지적해나가곤 했다. 그러니까 교 재가 틀려먹었다는 점을 하나하나 따져보는 시간이었다. 한 단원이 끝나면 그 종이로 코를 풀라고도 했고 어떤 학기에는 종이비행기를 접게 해서 강의실에서 날리기도 하였다. 강의가 아니라, 놀이였다. 이 렇게 하지 않으면 위선적인 교육의 틀 속에서 질식할 것 같았다. 나 는 정말이지 '교수'가 아니었다. '교수'에 저항하는 교수였다.

 현대시 강의실에서도 마찬가지였다. 다음 시는 1985년에 나온 나 의 제2시집 『너무 많은 가운데 하나』에 실려 있는 작품인데 바로 현대시 강의실에서 학생들에게 나누어준 교재인 셈이었다.

1

개가죽 방구가 무슨 뜻입니까?

거 있잖아 풍물 놀 때 땅바닥에 놓고 치는 커다란 북 모르는가, 개 가죽으로 만든 북일세

그러니까 개가죽 방구에서는 개 같은 소리가 나겠구만요 개년들이 오줌을 싸고 통소 부는 놈들이 개 같은 불알 하나씩 차고, 식식식, 이런 바람소리도 나겠구만요

암, 고렇고럼 되는 것이지, 뭘

2

지훈은 죽어서도 꿈에 한번 안 보이고

김수영 같은 눈깔을 한 시내버스는 뛰다가 멎다가 하는데

김춘수가 꺾어보낸 한 송이 꽃은 이미 꽃이 아니다

이중섭의 꽃대궁은 아직도 독한 향기 풍기고 뻔데기 자지도 발딱발딱 숨을 쉬는데

박성룡과 박재삼은 그 빛나는 과물과 울음은 어디에 두고 이젠 붓도 말도 더듬거리는지

이 시대의 시인론은 서론에서부터 갈팡질팡 쏙 빠진 논문되기는 다 틀렸다

3

조태일이는 오늘도 작두날만 가는구나

그 옆에서 통속작가는 공장처녀들의 월급을 착취하여 포니에 에

어콘을 달고

취한 듯 만 듯 앉아 있는 박제천과 강우식의 이마가 제법 좋았다

이만익의 콧수염이 나는 좋았다.

내 친구 현대시 동인의 주지주의는

3차쯤 가야만 비로소 술이 되고 시가 되는데

학교에서는 노스롭 후라이로 점심을 먹고

신동엽의 금강 속에 그의 애호가들을 수장해버렸다

4

소월이여 목월이여 그대들은 우리 시문학사의 초승달인가 그믐

달인가

마종기의 꽃으로 서서 흔들리는 슬픔을

김영태 황동규의 웃음도 눈물도 아닌 웃음과 눈물을

이성부의 톱밥을 오규원의 단추 한 개를

정진규의 열쇠 하나를 최승자의 오 개새끼를

동해바다에 그물을 던지는 고은이의 자유를!

못 찾겠다 꾀꼬리 꾀꼬리, 나는 언제나 술래다

우리 시대의 시인론은 여기서 일단 끝

—「**우리 시대의 시인론**」 전문, 시집 『**너무 많은 가운데 하나**』(청하,1985)

나는 적극적으로 교수의 틀을 탈피하려고 했다. 의도적인 것이라기보다는 내 체질이 그러했다. 죽어 있는 문학강의가 아니라, 살아서 펄펄 뛰는 문학 그 자체를 만나는 것이 진정한 문학강의라고 굳게 믿었다. 창작론 시간에는 창문 쪽 자리는 아예 흡연석으로 지정해주고 강의를 들으면서도 마음대로 담배를 피우게 했다. 시를 강평할 때 담배 한 대 꼬나물고 해야 제맛이 나는 것 아닌가. 대학 건물 전체가 금연지역으로 지정되어 '금연' 표지가 붙어 있었지만, 나는 내 멋대로였다. 나는 물론 정년퇴직할 때까지 강의하면서 담배를 피웠다.

흔히 대학에서 교재로 쓰는 시론이나 시인론, 창작론 등은 어쩌면 한결같이 시의 참모습을 일깨워주는 일은 애써 외면하고 좋은 시가 뭔지 궁금해하는 학생들을 멀리멀리 도망치게 만드는 몹쓸 것이라고 나는 생각했다. 이미 못된 평단에서 패거리의 역학구조에 따라서 등심, 안심, 갈비, 꼬리, 혓바닥, 양, 족 등으로 평가가 고착돼 있는 시를, 월급 받아먹느라고 학생들에게 양심도 없이 전달할 수는 없는 일이었다. 〈1〉의 부분은 미당의 「서풍부」에 나오는 '개가죽 방구'의 뜻이 영 감이 안 잡혀서 미당에게 직접 전화를 걸어서 물어본 것이다.

1991년에 나온 제3시집 『생각나지 않는 꿈』에는 '시' 또는 '시인'

에 대한 시적 견해를 흡사 자동기술에 의해서 토로한 듯 보이는 시가 여러 편 되풀이해서 나타난다. 80년대를 배경으로 한 이러한 작품들은 일종의 '시에 대한 시론'인 셈이었다. 탁류와도 같은 민중시대를 보내면서 시인이고 대학교수고 모두들 부화뇌동하는 꼴이 역겨워서 시적 변용을 제대로 거치지도 않은 생목소리를 그대로 시의 문맥에다가 담아 토로했던 것이다. 대부분의 교수들이 운동권 학생이 두려워서 대자보 같은 시를 강의실에서 다루고 있을 때, 나는 시대역행적으로 '친일파'인 미당의 시를 당당하게 강의했다.

> 어린 아기 똥 누듯
> 냄새 풍기면서도 예쁜 것이 시다
> 젖몸살 앓는 엄마의 아픔처럼
> 눈물과 미소가 얽힌 것이 시다
> 홍등가에서 사랑을 파는 여자들의
> 곪았지만 자꾸 파들어 가고 싶은 어둠이
> 그 냄새나는 절망이 예술이다
> 다 썼어? 그런 간단한 결말
> 단순한 이별도 없이
> 쓰고 또 쓰고 뱉고 또 뱉는 것은
> 시가 아니다 그런 건 콘돔이다
> 가래침이다 시가 아니다

어린 아기 똥 누듯
냄새 풍기면서도 예쁜 것이 시다
젖몸살 앓는 엄마의 아픔처럼
눈물과 미소가 얽힌 것이 시다

모래밭에 숱한 빈 조개껍질의

허무하고 아득한 시간이여

냄비 속에서 뜨겁게 주둥이 열고 죽는

모시조개의 시대여 어린 아기 똥 누이며

응가응가 속삭이며 눈치 보며

아기의 똥을 모래 속에 파묻는

저 어디쯤에서 당일치기로 바다에 온

젖몸살 앓는 엄마의

고통의 예술을 보라

이 땅의 시인들에게 보내는

최종경고 하느님의 특별보좌관

오지천

—「응가」 전문, 시집 『생각나지 않는 꿈』(미학사, 1991)

「응가」는 동해안 해수욕장에 갔을 때의 경험을 시의 사진기로 찍은 그대로 것이다. 어린아이의 똥을 슬금슬금 눈치 보며 모래에 파묻는 젊은 엄마의 모습에서 나는 왜 '시'를 떠올렸을까. '오지천'이라는 이름은 지용과 지훈에서 따온 '지'와 내 고향 제천에서 딴 '천'을 합성하여 만든 젊은 날의 내 필명이다. '최종경고'니 '하느님의 특별보좌관'이니 한 것을 보면 80년대의 온갖 탁류를 현장에서 건너는 나의 고통과 분노가 상당했던 것 같다.

소월이나 미당 생각하면
시 쓸 맛 영 안 나겠지만
재주는 좀 없어도 꾸준하게
쓰고 또 쓰다 보면
내신 1등급 5% 안에는 들지 몰라
1등 2등 다툴 만한 고은이나 김춘수가
사람이다 말씀이다 하면서
3등급쯤으로 자진해서 나가는 걸 보면
너희들
흰소리 작작 하고
이슬비 맞으며 홀로 울면서
빗방울 찍어서 손바닥에라도
가련한 시 몇 줄 쓰고 또 쓰면
지용쯤은 친구 삼아도 되지 않을까?
박용래하고는 맞술 나눠도
큰 흉은 안 될지도 몰라
허지만 내신성적이 뭐 대순가
실기시험으로 결판이 나는 거야
이 잡지 저 잡지로 너비뛰기

평론가 대학교수까지 높이뛰기

모든 욕 먹으며 오래달리기

심사위원 알음알음 턱걸이하기

이쯤되면 소월이나 미당도

뒷발질로 넘어뜨리고

현대시사의 주동인물이 될 수도 있것다?

(학생들 와글와글 선생에게 삿대질)

안 되겠다

시인학교는

오늘

당장

문 닫는다

나는 보따리 싸겠다

네미랄!

— 「시인학교」전문, 시집 『생각나지 않는 꿈』(미학사, 1991)

「시인학교」를 다시 읽어보니, 흘러간 그 시절의 참혹함이 생생하게 떠오른다. 그때의 시단 풍경이 딱 이랬다. 하긴 지금도 그럴지 모르지만, 그때의 시단 풍경은 참으로 가소로웠다. "나는 보따리 싸겠다/ 네미랄!"이라는 말은 가감 없는 나의 육성이다. 자학의 목소리다.

오 탁 번

김수영이는 시는 잘 쓰지 못해도

그 정신이 제법이야 시를 아무렇게나 써갈기는

그런 정신이 좋아 다른 놈들이 비유 찾고 주제 찾을 때

되는 대로 휘갈겨 쓸 수 있는 김수영이는 죽었다

눈치코치 없는 평론가들은 김수영을 훌륭한 시인이래

김수영이는 훌륭한 시인이 아니고 훌륭한 시민이야

엊저녁에는 술을 개판이 되도록 마셨어

시인이 갑자기 똥개가 됐지 뭐야 술이 함뿍 취하면

분노와 희열은 종이 한 장 차이야 풍자냐구? 아니야

아무것도 아니야 내 마음속 숨은 야만의 똥개가

보신탕이 되는 것을 전신으로 거부한 거야

알맞게 살이 찐 놈들의 아가리에 들어갈 영양식품보다

되는대로 짖어대다가 김수영이처럼 죽는 자유

자유여 나는 너를 사랑한다 개똥같은 자유여

내 책상머리의 안개꽃과 장미는 이젠 숨 넘어갔어

꽃송이마다 열렸던 그리움도 다 증발해버리고

창을 열면 미칠 것만 같은 가을아침 햇볕이다

추석 성묘길에 무더기 무더기로 피어 있던 코스모스는

저승에서 나를 손짓하는 어머니의 사랑 같았다

슬픔도 빛이 바래서 한나절의 추억이 되는 몹쓸 세상에

나는 오늘도 시와 소설을 논한다? 연애를 논한다?

상징 찾고 운율 찾을 때 되는 대로 써갈긴 김수영이는

요컨대 무엇을 논한 적이 없다 오직 정복뿐이었지?

현대시를 신체시처럼 쓰는 자유뿐이었지?

여자를 유혹해서 싸구려 여관으로 잠입하는

진정한 용기는 없이 오늘도 또 무엇을 유창하게

논하고 분석한다? 정말 나는 보신탕이 될 수 없어

—「김수영론」 전문, 시집 『생각나지 않는 꿈』(미학사, 1991)

　'김수영'은 시인이라기보다는 일종의 문화운동가다. 무슨 큰 문화운동을 한 게 아니라, 그의 터무니없고 무쌍한 시적 실험은 정체돼 있던 한국문화를 소용돌이치게 만드는 모티브가 되곤 했기 때문이다. 그는 '민중'하고는 하등 상관없는 하나의 메타피지컬한 시인이었다. 지적 상상력을 재래의 방식으로 구사한 것이 아니라, 두세 번 더 비비 꼬아 왜곡시키면서, 청마나 청록파 시의 계보를 분쇄하는 것을 소명으로 삼았던 시인이었다.

　이 작품이 산문의 어조를 띄는 것은 나의 무의식을 지배하고 있던 서사문학의 잔재에서 비롯된 것 같다. 대자보가 휘날리던 당시의 캠퍼스 풍경과도 연관이 있는지도 모르겠다. 시를 시의 형식에 가지런히 담는 것조차 더할 수 없는 치욕이라고 믿었던 것 같다. 시를 너무 시적인 수사와 어조로만 쓰는 시인들의 태도를 바람직하지 않게 본 나의 태도와도 관련이 있었을 것이다. 시의 형식을 취하고 있지만 결코 시작품이라고 할 수 없는 경우를 많이 보는 게 그때나 지금이나 공통된 우리 시단의 현실이다. 형식을 파괴함으로써 오히려 '시의 정신'에 직핍할 수 있었던 김수영을 무턱대고 우상처럼 떠받드는 시단 풍토는 그제나 이제나 참으로 꼴불견이다. 김수영은 시가 '언어'로 이루어진다는 시 본연의 의의를 몰각한 반역의 시인이다.

> 원고지 앞에서 만년필 뚜껑 까고
> 영혼에 개칠을 하지 마
> 시는 몸으로 쓰는 게 아니지
> 슬픈 손으로 눈물 젖은 눈으로
> 울면서 죽으면서 추는 춤이야
> 너희들을 흐려놓은 자들은
> 천재로 민중으로 다가와
> 죽은 비유만 남겨놓고 갔지?
> 문학사와 민중사를 몽땅 버렸지?
> 아직 안 흐려졌다고 말하지 마
> 곧 개칠을 할 걸 뭘 그래
> 배가 부른 꽃병이
> 그 자리에 그냥

앉아 있는 것처럼 아무렇지도 않은

그러한 여류시인 어디 없을까?

동짓달 기나긴 밤을 한 허리 뚝

잘라서 이불 속에 넣고 기다리는

그러한 슬픈 여류시인 어디 없을까?

속치마 끈 단단히 동여매고

새벽까지 기다리는 시인

어디 있거든 말이야

등단하지 말고 시집 내지 말고

거기서 평생 동안 기다리게나

정말 어디 없을까?

이러한 여류시인?

—「우리 시대의 시인론」 전문, 시집 『생각나지 않는 꿈』(미학사, 1991)

'숨어 있는 시인'이나 아직 '태어나지 않은 시인'을 은근히 기다리는 나의 어조는 차라리 연정(戀情)에 가깝다는 생각이 든다. "정말 어디 없을까?/ 이러한 여류시인?"

네 번째 시집 『겨울강』이 나온 것은 1994년이었다. 아마 이때부터 나의 시세계는 온전히 시의 정면과 마주하면서, 들끓던 분노와 유목민의 방랑과 불안정을 잠재우면서 내면화돼가지 않았나 싶다. 그러나 '시' 또는 '시인'에 대한 시적 관심은 지속적으로 나타난다. 되지도 않은 시를 양산하는 시인들을 한 줄로 세워놓고 야짓 종아리를 때리고 싶은 것은 그때나 지금이나 매한가지이다.

요즘 시인들은 시를 참 많이들 쓴다
이태가 멀다하고 시집 한 권씩 내고
문학좌담회와 독자와의 대화와
시창작강의와 주부백일장 심사까지
문어다리처럼 안 닿는 데 없고
적의를 품은 상대를 만나면
선생이든 친구든 먹물 내뿜어버린다
쏘가리처럼 물살 가르며 펄펄 뛰다가도
노랑 문학이나 빨강 비평을 파는
수족관 안에서는 금붕어가 되어버린다
어항 속에 갇혀 뿌려주는 먹이만 먹으며
계곡물 거슬러 오르면서 물살 가르던
북한강 상류 쏘가리의 아름다움 잊은 지 오래다
붕어빵이 된 지 오래다
슬프다
후쿠오카 형무소로 아들의 시신 찾으러 갔던
윤동주 아버지는 시를 쓰지 않았지만

지금 내 나이의 그는 시인이 아니었지만
공책에 시 써놓고 죽어서 시인이 된
아들의 아버지로 지금도 남아 있는데
요즘 시인들은
시를 많이 쓰고 발표하고 시집을 내면서도
모두들 빨리 죽는 길을 달려가고 있다
슬프다

─「**요즘 시인들**」 전문, 시집 『**겨울강**』(세계사, 1994)

'노랑 문학'이니 '빨강 비평'이니 하는 말은 특정 패거리를 은연중
지칭하는 말이다. 시인이 신화적 원형적 본성을 망각하고 어항 속 금
붕어가 되거나 붕어빵처럼 규격화되는 시단 풍조를 야유하는 어조는
신랄하다.

시를 시답게 쓸 것 없다
시는 시답잖게 써야 한다
껄껄껄 웃으면서 악수하고
이데올로기다 모더니즘이다 하며
적당히 분바르고 개칠도 하고
똥마려운 강아지처럼

똥끝 타게 쏘다니면 된다
똥냄새도 안 나는
걸레냄새 나는 방귀나 뀌면서
그냥저냥 살아가면 된다
된장에 풋고추 찍어 보리밥 먹고
뻥뻥 뀌어대는 우리네 방귀야말로
얼마나 똥냄새가 기분 좋게 났던가
이따위 추억에 젖어서도 안 된다
저녁연기 피어오르는 옛 마을이나
개불알꽃에 대한 명상도
아예 엄두 내지 말아야 한다
시를 시답게 쓸 것 없다
시는 시답잖게 써야 한다
걸레처럼 살면서
깃발 같은 시를 쓰는 척하면 된다
걸레도 양잿물에 된통 빨아서
풀먹여 다림질하면 깃발이 된다
노스텔지어의 손수건이 된다
벙그는 난초꽃의 고요 앞에서
「우리 시대의 시창작론」을
쓰고 있을 때

내 마빡에서 별안간

'네 이놈!' 하는 소리가 들리더니

그만 연필이 딱 부러졌다

손에 쥐가 났다

—「우리 시대의 시창작론」 전문, 시집 『1미터의 사랑』(시와시학사, 1999)

이렇게 지속적으로 시와 시인에게 야유를 하는 나의 속뜻은 무엇인가. 하늘에 침 뱉기인데, 왜 이토록 야멸차게 시인을 모멸하고 있는가. 사실 다른 시인들이 무슨 시를 쓰던 몰관심한 것이 시인들의 본성일 것이다. 호루라기 입에 물고 심판을 보듯 이 땅의 시가 어떻다 저떻다 하는 것은 시인이 할 일이 아니다. 대자보와도 같은 지난날의 시를 꼬치꼬치 들추어내는 나의 저의는 무엇인가.

나는 문득 깨닫는다. 이게 바로 '나'가 '나'에게 하는 자경의 소리요 내가 서툴게 그린 나의 자화상이다. 마빡에서 '네 이놈!' 하는 소리가 들린다. 끊임없이 나는 스스로에게 시가 아닌 것은 쓰지 말아라! 이렇게 다짐하고 있었는지도 모른다. 나는 시인인가, 아닌가? 하루에도 몇 번씩 자문(自問)하며 모국어 앞에 경배한다.

'고통의 축제' 속에 나를 투신한다.

티베트의 초승달

요즘 참 한가하다. 대학에서 정년을 하고 나니까 급하게 갈 데도 없고 꼭 오라는 데도 없다. 한가하게 정원을 거닐다 보면, 내가 꼭 꽃 한 포기나 풀 한 포기가 된 것 같은 생각이 든다. 가만히 앉아서 꽃을 들여다본다. 꽃잎 속에는 암술과 수술이 정교한 구조로 자리 잡고 있고 꽃가루를 찾아오는 나비와 개미들이 분주하게 드나든다. 그 작은 공간에도 우주적 생명의 순환이 아주 바쁘게 돌아가고 있다.

2011년 여름 티베트에 다녀왔다. 여행을 하는 동안, 티베트는 단순한 관광지가 아니라 내 영혼의 발상지 같다는 생각이 내내 들었다. 티베트에 관한 책도 여러 권 읽었지만 직접 티베트를 보자 그것들은 말짱 헛것이 되었다. 지식이나 경험 같은 것은 아무 짝에도 쓸 수 없다는 것을 깨달았다. 오체투지하는 티베트 사람들이 정녕 '사람'이라면, 나는 더 이상 사람이 아니고 그저 식욕과 색정에 눈먼 짐승이라는 자각이 전신을 휘감았다. 정말이지 나는 그들 앞에서 더는 사람이 아니었다.

다음 시들은 티베트에 다녀와 쓴 작품들로, 시집 『시집보내다』(문학수첩, 2014)에 실렸다.

포탈라Potala 궁 가파른 계단을 오르며

내 심장은

유리접시 위의 날달걀처럼

좀만 기우뚱해도

금세 쏟아질 것 같다

삶과 죽음이

매한가지라는 걸 비로소 알겠다

나 이제

이승과 저승을 느릿느릿

한순간에 오가며

야크 버터 흐린 촛불 아래

몽당연필로 꿈을 그리는

티베트 아이들 복 빌어주는

동냥중이나 되고 싶다

얄룽 창포Yarlung Tsangpo 물길 건너

사몌Samye 사원 모랫길을 가다가

붉은 가사 낙낙한 티베트 스님 만나면

호젓이 담배도 노나 피운다

귀고리도 가붓한 티베트 계집 만나면

오디 빛 머리칼 헤쳐서

서캐도 몇 마리 잡아준다

동냥중 노릇 잘해서

티베트 아이들이 통통히 살이 오르면

내 몸 알뜰히 버리려고

설산(雪山) 비알 조장(鳥葬)터

돔뎬Domden을 찾아간다

새끼 독수리도 냠냠 먹도록

내 살 잘게잘게 저며 달라고

시체를 토막내는 돔뎬에게

옴 마니 팟메 훔Om Mani Padme Hum!

두 손 모아 빈다

내 정강이뼈로 만든 피리 소리가

은하수(銀河水) 넘치도록 메아리칠 때

설산(雪山) 위에 뜨는

눈썹 같은 초승달이나 되고 싶다

—「티베트의 초승달」전문

청장공로 따라

남쵸Namtso 호수 가는 길

길 가 드문드문한 집집마다

땔감으로 갈무리해 쌓아놓은

야크 똥을 보면

빗살무늬 독이 가지런한

내 고향집 장독대가 떠오른다

참, 이상도 하다

천리만리 떨어진

천등산 아랫마을 고향집에서

날 듯 말 듯 나는

간장과 된장 맛 생각난다

호수를 보고 돌아오는

어스름 길

실루엣으로 다가오는

야크 똥을 보면

메주 뜨는 냄새 독한 구들방

이렇게 지속적으로 시와 시인에게 야유를 하는
나의 속뜻은 무엇인가. 하늘에 침 뱉기인데, 왜 이토록 야멸차게
시인을 모멸하고 있는가. 사실 다른 시인들이 무슨 시를 쓰던
몰관심한 것이 시인들의 본성일 것이다.

문풍지 소리 요란했던

내 유년의 저녁이 떠오른다

야크 똥은

초저녁잠이 많은지

이우는 손가락자국 사이로

깜박깜박 졸고 있다

— 「야크 똥」 전문

1

조장(鳥葬)터에서

살코기 맛나게 드셨는지

설산(雪山)을 배경으로

솔개 한 마리가 정지비행을 한다

슬로비디오 필름이

뚝 멈춘다

2

오체투지(伍體投地) 하는 티베트 사람들이

정녕 사람이라면

나는 한 마리 짐승이다

먹이를 쫓아 아무나 흘레붙는

몹쓸 짐승이다

더는 사람이 아니다

                3

조캉사원 향로(香爐) 앞에 서서

두 손을 모은다

나는

사람이

아니다

—「나는, 아니다」 전문

14대 달라이라마의 여름 궁전

탁텐 미규 포트랑에 갔을 때

아주 예쁜 티베트 여인이

염주를 든 손으로

어린 달라이 라마가 쓰던

침대와 장식장을 어루만지며

절절히 기도하는 모습을 보았다

사붓사붓한 걸음걸이로

침실과 명상실 여기저기를 오가며

어린 조카를 달래듯

쓰다듬고 또 쓰다듬는다

달라이라마의 막내이모 같은

티베트 여인을 물끄러미 보다가

나는 눈물이 핑 돈다

슬픔도

미인(美人)을 매개로 하면

더 독해지는 것일까

여름궁전 노불링카 정원에는

하늘매발톱이

설산(雪山) 빛으로 하늘거린다

—「미인도(美人圖)」전문

사라진 것들과의 해후

뉴턴의 절대시간 개념이 무너진 것은 아인슈타인에 의해서였다. 시간이 팽창한다는 사실을 아인슈타인은 어떻게 발견했을까. 그는 생전에 이런 질문을 수없이 받았다고 한다. 그러나 다른 이들이 궁금해하는 것만큼이나 그것은 그 자신에게도 하나의 수수께끼였다고 한다. 그는 그 자신이 자연에 대해 어린아이와도 같은 호기심과 경외감을 잃지 않았기 때문이라고 생각했다. 그래서 그는 신비로움을 가장 아름다운 경험으로 꼽았다. 어른들이 자연을 볼 때 그저 그러려니 하고 지나치는 것을 아인슈타인은 어린아이의 마음과 눈으로 궁금해했던 것이다.

이와 같은 물리학자의 경외감과 호기심은 바로 시인의 눈과 맞닿아 있다. 시인은 사물을 바라보고 궁금해하는 마음이 일어나는 것만큼, 딱 그만큼의 눈높이로 시를 쓰게 된다. 궁금해본 적이 없는 사물에 대하여 시를 쓰면 그것은 이미 누군가가 오래 전에 써버려서 이제는 통념이 된 죽은 비유의 무덤에 지나지 않는 것이다.

요즘 나는 국어사전 속에서 매일 밤 유영을 한다. 마치 태아가 어머니의 자궁 속에서 유영을 하듯 나는 틈만 나면 국어사전을 펴서 읽는다. 거기에는 은하계의 이름 없는 별들처럼 내가 발견해주기를 기다리는 수많은 말들이 있다. 몇 백억 년 동안 은하계에 존재해왔지만 아무도 발견해주지 않아 외로웠던 별들! 나는 그 고독한 별들과 해후를 한다.

아무도 발견해주지 않아 외로웠던 별은 우주에만 있는 것이 아니다. 또 아무도 이름을 불러주지 않은 아름다운 말이 국어사전 속에만 있는 것이 아니다. 그 형체를 알 수 없는 별과 형언되지 않은 말들은 나의 추억의 희미한 시공 속에도 있다. 내가 살아오면서 그냥 스쳐 지난 길섶에도 있고 빛바랜 사진에도 일기장에도 있다.

시를 쓰는 행위는 이 모든 사라진 것들과의 해후를 뜻한다. 그것은 바로 시인의 운명이 마주하게 될 우리 시의 미래이기도 하다.

나는 시를 쓸 때면 내 이웃의 사람들 또는 얼굴도 이름도 모르는 장삼이사(張三李四)나 김지이지(金的李的) 모두를 시창작의 스승으로 삼기로 했다.

밤마다 국어사전을 읽는 습관도 나이 들수록 자연스럽게 생기게 되었다. 국어사전은 물론이려니와 방언사전과 고어사전 그리고 식물

도감 곤충도감 등, 시의 언어가 잠자고 있는 광산은 지금도 버려진 채로 무진장하게 널려 있다. 전철을 타고 가면서도 시장 골목을 지나면서도 옆 사람들이 무심코 하는 말을 들으면서 평범한 사람들의 일상어 하나하나 그 사이에 시의 언어가 보석처럼 박혀 있다는 사실을 절감하고 있다.

미국 대통령의 관저가 백악관(白堊館)이다. White House를 우리말로 번역한 말이다. 그런데 우리말로 번역하려면 그야말로 우리말의 오묘한 뜻을 살려 좀 멋지게 번역할 수 있지 않은가? 백악관이라니? 백토(白土)로 회칠을 한 집이라는 뜻이지만 백악(白堊)이라고 하니까 괜히 거창해 보이고 비인간적이다.

백악관 주인의 피부색도 허옇고 그 집에 사는 사람들이 그제나 이제나 싱거운 짓도 많이들 하고 흰소리도 잘하니까 차라리 '허연 집'이라고 부르는 게 백 번 옳다. 그러면 백악관을 배경으로 카메라 앞에 선 기자가 이렇게 말하지 않겠는가?

—부시 대통령이 이라크 추가 파병을 요청하였다고 합니다. '허연 집'에서 와이티엔 김 아무개입니다.

그러면 청와대(靑瓦臺)는 순수 우리말로 어떻게 부르면 좋을까? 푸른 기와집? 푸른 집? 푸른 지붕? 영어로는 Blue House라고 한다니까 White House를 '허연 집'이라고 했으니 청와대도 '퍼런 집'이라고나 부를까? 아니다. 거기 살던 사람들이 역대로 다 멍들곤 했으니 차라리 '멍든 집'이라고나 부를까?

이처럼 형용사 하나에도 그 모습과 성질을 나타내는 함의가 숨어 있다. 하물며 언어로 지은 집이라 할 수 있는 문학작품은 더욱 그러하다. 시도 그 안에 세계를 전망하는 척도와 옳고 그름을 분별하는 가치관의 눈금이 있게 마련이다. 시에 대한 이해나 창작에 있어서 무엇보다도 시의 본질이 언어의 예술이라는 점을 철저히 인식해야 한다. 무턱대고 철학이나 이념만을 내세우며 언어에 대하여 소홀히 하는 것은 문학의 본질을 망각하는 것과 다르지 않다.

시는 언어예술의 가장 핵심이 되는 것이므로 무엇보다도 이 '언어'에 유의해야 한다. 그림이 색깔을 벗어나서 존재할 수 없고 음악이 소리를 이탈하고 형성될 수 없는 것과 마찬가지로 시도 언어를 도외시하고는 존재할 수 없는 것이다. 심지어 시 작품에 등장하는 그림이나 사진, 도표도 시 작품 속에서 '언어'의 역할을 하고 있는 경우가 있다. 그것들이 작품 속에서 파장을 일으키는 효과가 언어와 동등한 의미로 작용하는 경우를 가리킨다. 시의 언어는 하나의 낱 언어만이 아니라 그것들이 상호 이어지면서 교직해내는 말의 집합과 연속을 의미한다.

우리에게 모국어인 우리말은 그대로 낱 언어이면서도 한편으로는 그것들이 이루어내고 있는 집합체로서의 언어이다. 말의 결이니 뜻이니 하는 것도 실상 이와 같은 모국어로서의 언어가 지니는 숙명과도 같은 기능을 가리키는 것이다. 우리말과 글 속에 아무렇지도 않은 듯 숨어 있는 숨과 결을 자세히 보면 거기에는 우리가 선험적으로 지니고 있는 민족의 집단무의식의 세계를 가늠해볼 수 있는 신화적 세계가 자리 잡고 있다.

　문학창작에 있어서 우리 가슴과 혈액 속에 흐르는 원형직적인 신화(神話)의 재발견이 무엇보다도 시급하고 귀중한 임무가 된다. 신화적 상상력은 그 민족의 민족어가 지니고 있는 숨과 결에서만 찾아지는 것이다. 민족어를 소홀히 하고 문학창작의 정체성을 찾는다는 것은 연목구어일 뿐이다. 민족 고유의 생활양식 즉 우리의 풍습과 전통을 정겨운 민족어로 시화해내는 일은 빛바랜 민화의 골동적 가치 때문에 중요한 것이 아니다. 지금 당장은 망각이나 유기의 상태에 버려져 있으나 우리의 민족적 집단 무의식 속에는 엄연히 살아 숨쉬는 신화를 재생시키는 일이야말로 한 민족의 시인이 자임해야 할 숙명이라고 할 수 있다.

　시를 시이게 하는 글자나 요소를 뜻하는 시안(詩眼)이 한시에만 있는 것이 아니라 현대시에도 있다고 할 수 있다. 부처님을 모실 때도 점안(點眼)이 가장 중요하듯 시에는 시의 눈이 있다고 나는 믿고 있다. 그 말이 그 자리에 있지 않으면 한 편의 시로서 생명을 얻을 수 없는 바로 그 말 하나! 이것이야말로 한 작품의 빛나는 눈이 아니고 무엇이겠는가. 그래서 나는 우리말이 지닌 신비하고도 넉넉한 뜻을 제대로 살리지 못하고 그냥 대충 소감이나 주장을 설파하는 시는 싱거워서 못 읽는다.

　다음 시는 숙모(叔母)에 대한 나의 유년의 기억을 쓴 것이다. 이

아무도 발견해주지 않아 외로웠던 별은
우주에만 있는 것이 아니다.
또 아무도 이름을 불러주지 않은 아름다운 말이
국어사전 속에만 있는 것이 아니다.
그 형체를 알 수 없는 별과 형언되지 않은 말들은
나의 추억의 희미한 시공 속에도 있다.

오 탁 번

시가 단순히 궁핍한 시대의 초상이나 현실에 대한 고발일까? 아니
다. 그것만이 아니다. 궁핍했지만 어른들의 보살핌으로 목숨을 부지
할 수 있었던 원초적 생명력에 대한 절실한 정서를 형상화한 것이다.
이러한 정황이 생생하게 떠오르도록 우리말의 숨결을 살리면서 시적
효과의 층위를 세밀하게 배치해 놓은 것이다.

푸새한 무명 뙤약볕에 말려서
푸푸푸 물 뿜는
작은어머니의 이마 위로
고운 무지개가 피어오르고
보리저녁이 되면
어미젖 보채는 하릅송아지처럼
나는 늘 배가 고팠다

안질이 나서 눈곱이 심할 때
작은어머니가
쇄쇄쇄 요강 소리 그냥 묻은
당신의 오줌을 발라주면
내 눈은 이내 또롱또롱해졌다

초등학교 마칠 때까지

작은어머니의 젖을 만지며 잤다
회임 한 번 못한 채 젊어 홀로 된
작은어머니의 예쁜 젖가슴은
가위눌림에 정말 잘 듣는
싹싹한 약이 되었다

—「작은어머니」 전문, 시집 『벙어리장갑』(문학사상사, 2002)

보리밥을 지으려면 쌀 안치는 것보다 더 일찍 보리쌀을 안쳐야 한다. 그러므로 '보리저녁'은 보리쌀을 안칠 무렵이니까 해 넘어가기 전, 이른 저녁 무렵을 말한다. 밥을 굶주리는 아이는 미처 저녁 끼니 때가 되기도 전에 배가 고픈 것이다. '하릅'은 소나 개가 한 살 난 것을 말한다.

할아버지 산소 가는 길
밤나무 밑에는
알밤도 송이밤도 소도록이 떨어져 있다

밤송이를 까면
밤 하나하나에도
다 앉음앉음이 있어

쭉정밤 회오리밤 쌍동밤
생애의 모습 저마다 또렷하다

한가위 보름달을
손전등 삼아
하느님도
내 생애의 껍질을 까고 있다

—「밤」 전문, 시집 『손님』(황금알, 2006)

'회오리밤'은 밤송이 속에 외톨로 동그랗게 생긴 밤이다. 왜 외톨밤이 아니고 회오리밤인가? 아이들이 외톨밤을 삶아 구멍을 뚫고 속을 파내어 실 끝에 달고 휘두르면 휙휙 소리가 나기 때문에 생긴 이름이다. 이런 사실을 어떻게 그리 잘 아느냐고 사람들은 묻는다. 국어사전! 국어사전을 새벽녘까지 뒤적이면 그 속에는 맛있는 쌍동밤도 회오리밤도 그야말로 '소도록이' 떨어져 있는 것이다. 밤나무 밑에 밤이 많이 떨어져 있는 모습은 '소도록이'라고 표현해야만 그 정경이 눈앞에 떠오른다.

밤 하나하나에도 다 앉음앉음이 있는 것처럼 나의 생애도 하느님만이 아는 운명이 있는지도 모른다.

그동안 살아온 날들을 생각하면 회한이 아주 없는 것도 아니다. 그러나 나는 어두운 기억의 재생을 짐짓 눈감아버리고 아무런 뜻도 없이 그냥 그대로 펼쳐져 있는 '자연(自然)' 그 자체에 빠져든다. 아침 일찍 잠에서 깨면 정원을 한 바퀴 돌아보고 집 앞 노거수 느티나무 밑에서 가볍게 맨손 동작을 한다. 체조랄 것도 없는 그냥 단순하고 느린 동작이다. 공기가 이토록 상쾌할 수가 없다. 젊은 날 나를 깨우던 자명종을 이제는 내가 먼저 잠에서 깨어 자명종을 재운다는 시를 쓴 적이 있다. 요즘은 아예 내 몸이 자명종이 돼버린 것 같다. 아침 5시와 6시 사이에 저절로 잠이 깬다. 전날 저녁 웬만큼 과음을 했어도 매일 반이다.

젊은 시절
나를 깨우던 자명종을
이제는 내가 재운다
아침 약속이 있거나
지방에 내려가는 날이면
아침 여섯시에
자명종을 맞춰놓지만
언제나 내가 먼저 잠이 깨어
뒤늦게 울리는 자명종을 끈다

여행길에서

혼자 호텔에 묵을 때도
늘 모닝콜을 부탁해 놓지만
벨이 울리기도 전에
잠이 깨어
모닝콜 취소 버튼을 누른다
이 세상
다 잠들어 있는 이른 새벽에
나 홀로 잠이 깬다

오늘도 가볍고 쉬운 일만
생겼으면 좋겠다
울지 말고 잘 자라
자명종아
다 쓴 붓
맑은 물에 헹궈서 붓걸이에 걸듯
붓에서 풀리는
흐려지는 먹물처럼
하루해 저물면 좋겠다

—「자명종」 전문, 시집 『우리 동네』(시안, 2008)

물안개가 피어오르고 백로가 산허리를 베며 날아가는 풍경 속에서 곤충이나 새나 짐승들은 모두 다 사람보다 먼저 하루를 시작하느라고 부산하다. 서로서로 짝을 부르고 배고픈 제 새끼를 기르느라고 분주하다. 나는 이런 풍경을 정지화면처럼 바라볼 때가 있다. 한정식 집에서 아주 푸짐하게 차린 밥상을 받듯 나는 아침마다 자연이 내게 차려주는 더할 수 없는 밥상을 공짜로 받는다. 황송할 뿐이다.

이와 비슷한 정서를 모티브로 해서 「할아버지」라는 시를 쓴 적이 있다. 시의 화자는 '막내손자'이고 주인물은 '할아버지'인데, 지금 이 글을 쓰는 나는 손자일까 할아버지일까. 지금 '할아버지'는 아주 잘 차린 술상을 받고 있다. 그가 그리는 진경산수화 한 폭이 현실의 리얼리티와 얼마만큼 일치하고 있을까.

　　겨우내 입맛 없으시던
　　할아버지가
　　이팝 한 그릇 비우시고
　　조팝 숭늉도 한 보시기 드시네

　　돌미나리 며늘취에
　　머루 다래술 드시고
　　취화선 되셨는지
　　─지필묵 내어오너라!

흰 수염 쓰다듬으며
막내손자에게 호령하시네

봉긋봉긋 피어나는 붓꽃
한 송이 뚝 꺾어
할아버지에게 드리자
산허리 휘감은 안개자락을
화선지 삼아 그리는
할아버지의 진경산수화!

여우붓 족제비붓 너구리붓 끝에서
이팝 조팝 며늘취 곰취도
흰 멥쌀 같은
미선나무 꽃도
혼자서들 홋홋하게 웃네

—「할아버지」전문, 시집 『손님』(황금알, 2006)

방울토마토를 따서 주스를 만들어 마시고 풋고추에 된장 찍어서
아침으로 맨밥을 먹는다. 커피나 허브차를 한 잔 마실 때도 있고 그
냥 담배를 한 대 피울 때도 있다. 핸드폰 메시지와 이메일을 확인하

고 미국에 공부하러 간 아들 생각에 환율도 체크해본다. 자동차로 이 삼십 분 거리에 제천, 충주, 원주가 있어서 전화만 하면 맘 통하는 시 인들이 오간다. 특히 내가 중고교를 다닌 원주에는 나처럼 그야말로 백수(白首)가 된 백수(白手)들이 떼를 지어 살기 때문에 술 생각날 때면 언제나 서로 오갈 수 있다.

자연의 풍경만 잘 보이는 게 아니다. 내 몸이 내장까지 투명하게 다 보인다는 생각이 들 때도 있다. 50년 동안 담배를 피우고 있으니 폐는 구석구석 까무잡잡하고, 술도 엔간히 마셨으니 곯은 감자처럼 간도 어지간히 부풀어 올랐다. 관상동맥 스텐트 시술 받은 지가 2년 이 돼가니 이물질로 길을 낸 심장의 불쾌지수도 대단하다. 혈압 약을 아침에 네 알, 저녁에 한 알씩 먹는다. 언제까지 먹어야 하느냐고 주 치의한테 물으니까, 평생이란다. 나는 이 말을 '죽을 때까지'라고 고 쳐서 듣는다. 아니, '살 때까지'라고 다시 고친다. 그러나 머리는 아주 맑다. 피부도 깨끗하다. 검버섯이 여기저기 보이지만 나이에 비해서 는 그래도 봐줄 만한지, 피부가 곱다는 말을 곧잘 듣는다. 듣기 좋으 라고 하는 말인 줄을 알면서도 나는 그냥 속아준다. 그래, 사람은 속 으면서 살 때까지 사는 거다. 착각하면서 스스로에게 최면을 걸면서 곡예를 하는 거다. 풀과 꽃이 그냥 그대로 살아가듯이 말이다.

어쩌면 시는 착각이나 오해의 산물인지도 모른다. 허풍과 엄살을 섞어서, 웃음에서 나오는 눈물인지 울음에서 나오는 눈물인지도 모 르고, 아니, 모른다는 사실조차도 정말 모른 채, 사시면 사시인 대로

어쩌면 시는 착각이나 오해의 산물인지도 모른다.
허풍과 엄살을 섞어서, 웃음에서 나오는 눈물인지
울음에서 나오는 눈물인지도 모르고,
아니, 모른다는 사실조차도 정말 모른 채,
사시면 사시인 대로 보이는 현실을 곧이곧대로 기록하는
어리석은 광기에서 생산되는 것인지도 모른다.

보이는 현실을 곧이곧대로 기록하는 어리석은 광기에서 생산되는 것
인지도 모른다. 다음의 「차일」과 같은 시는 이러한 시창작 과정에 대
한 하나의 범례가 된다.

　　새벽에 오줌이 마려워서 잠이 깼다
　　어?
　　웬일이지?
　　아직 동도 트지 않았는데
　　웬 차일을 다 치시나?
　　어제는 혈당 검사 받느라고
　　피도 꽤 뽑았는데
　　무슨 기운이 남아서
　　아닌 꼭두새벽에
　　내복빛 차일을 다 치시나?
　　소나기 주룩주룩 퍼붓는
　　대낮 길가에서도
　　한밤 막소주 마시는
　　포장마차 동글의자에서도
　　불끈불끈 차일을 치던
　　그 옛날의 청년이
　　하도 반가워서

잠든 아내

슬쩍 건드려나 볼까 했는데

나 원 참,

볼일 보고 나니

금세 쪼그랑 막불경이가 되네

—「차일(遮日)」, 시집 『우리 동네』(시안, 2010)

'내복빛 차일'이란 이미지는 내가 생각해도 정말 웃긴다. 요즘은 '명예교수'가 길가의 돌멩이처럼 구둣발에 차이는 현실이기는 해도 그래도 명색이 명문대학의 명예교수가 남세스럽게, 뭐, '내복빛 차일' 이라니? 그러나 이 시의 시적 화자는 이런 비아냥에 끄떡도 하지 않는다. 그리고 모름지기 시를 아는 사람들은 이런 위선적인 비아냥에 꿈적해서는 안 된다. 시를 잘 모르는 사람일수록 시의 문맥이나 언어 구사에서 무게를 잡으려고 한다. 이건 마치 철사 줄로 거미줄을 짓는 것과도 같다. 거미줄은 이슬 한 방울의 무게에도 반응하고 하루살이의 무게에도 반응한다. 그래야 거미가 굶어죽지 않는다.

나이 들수록 지나간 과거가 어제 오늘인 듯 생생하다. 마치 과거 회상 경시대회에 나가서 1등 먹을 것처럼 지나간 일들이 아주 생생하게 떠오른다. 열정과 분노로 뒤범벅이 된 과거의 실상이 아니라, 내 나이에 알맞게 느릿느릿한 여유와 감사로 평화롭게 회상된다. 궁핍했을 때 빵 한 덩이 준 사람이나 내가 넘어지려고 할 때 팔을 잡아 준 사람들이 마치 하느님의 은총이나 기적처럼 떠오른다. 과거가 생생하게 되살아난다는 것은 내가 그 과거의 시점에 당도해 있는 '어린이'가 된다는 말과도 같다. 하루에도 몇 번씩 할아버지가 됐다가 어린이가 됐다가 한다. 자가용 타임머신을 맘대로 타고 다닌다고나 할까.

문득 1967년 겨울 어느 날 아침으로 내달려간다. 그때 나는 대학 영문과 4학년이었다. 신춘문예로 등단한 젊은 시인이지만 아무런 희망도 없는 처량한 신세였다. 그때 쓴 시 「굴뚝소제부」의 첫 스탠자는 이렇다.

> 수은주의 키가 만년필촉만큼 작아진 오전 여덟시
> 씽그의 드라마를 읽으려고 가다가 그를 만났다
> 나는 목례를 했다
> 그는 녹슨 북을 두드리며 지나갔다

'수은주'와 '만년필촉'을 대비할 생각이 어떻게 났을까. 곰곰이 생각해봐도 정말 모르겠다. 시의 갈래와 비유법을 그럴듯하게 설명해놓은 시론 나부랭이들을 읽어서 거기 빠져 있었더라면 이런 당돌한 비유는 절대로 나오지 못했을 것이다. 나는 그 당시 시를 별로 읽지 않았다. 소설이나 역사책을 읽었고 그도 저도 아니면 차라리 만화책을 봤다. 시에서 되도록 멀리 떠나라. 나 스스로에게 이렇게 다짐하고 있었다. 지금도 매한가지이겠으나, 그 당시의 시들이 너무도 시시하였다. 시가 '짧은 글짓기'도 아닌데 진정성이 하나도 없는 글을 습관적으로 시랍시고 자꾸 쓴다고 다 시인 줄 아는가. 이러한 반항심도 많이 작용했을 것이다. 그때가 그립다. 처참한 행복! 가난하고 불안해도 가슴속에는 뜨거운 열정이 있었던 그 시절로 되돌아갈 때 나는 영락없는 이십대 청년이 된다.

아마 나의 무의식 속에는 '만년필'에 대한 욕망이 겹으로 잠재돼 있었던 것 같다. 만년필은 단순한 필기도구를 넘어서 글 쓰는 운명을 타고난 나에게 나침반 같은 상징성을 지녔는지도 모른다. 요즘도 나는 몽블랑 만년필을 이따금 쓴다. 시집을 잘 받았다는 엽서를 쓸 때나 내 시집을 남에게 증정할 때도 만년필로 글씨를 쓴다. 볼펜이나 컴퓨터 자판이 편리하기는 해도, 만년필로 쓸 때 저절로 묻어나는 경건한 아취는 당해내지 못한다.

진짜 묘한 우리말의 맛

시는 대단한 세계관을 엄숙하게 선언하는 것이라고 착각하는 시인들이 꽤 많다. 법조문에나 나올 법한 언어들을 분별없이 남발하고 고상한 수사로 칠갑을 하여 마침내 시를 내용 중심으로 주제파악에 골몰하게 만들어서 종당에는 시는 지겨운 문학이라는 그릇된 인식을 독자들에게 심어주게 되는 것도 다 이 때문이다.

시는 하나의 말의 놀이이다. 말이 사물과 관념을 표상하여 본디의 사물이나 관념보다 더 구체적으로 생생하게 재현되는 것, 그리하여 더욱 또렷이 각인되는 예술행위인 것이다. 항간에 떠도는 우스개도 그 안에 말의 기막힌 묘미가 살아서 숨을 쉬는 경우가 있다. 죽어 있는 말이 아니라 팔딱팔딱 뛰는 활어처럼 날비린내가 확 풍기는 진짜 '시어'가 있는 것이다.

　나의 시 「굴비」와 「폭설」이 바로 항간에 떠도는 우스개를 시의 구
조로 변용시킨 것인데, 우리말의 진짜 묘한 맛을 잘 살려내려고 행마
다 행간마다 시적인 장치를 하느라고 고심하였다. 「굴비」 이야기를
처음 들었을 때 나는 차마 웃지 못했다. 오히려 눈물이 났다. 가난하
고 무지한 부부의 애틋한 사랑이 나의 심금을 울렸기 때문이었다.

　　수수밭 김매던 계집이 솔개그늘에서 쉬고 있는데
　　마침 굴비장수가 지나갔다
　　─굴비 사려, 굴비! 아주머니, 굴비 사요
　　─사고 싶어도 돈이 없어요
　　메기수염을 한 굴비장수는
　　뙤약볕 들녘을 휘 둘러보았다
　　─그거 한 번 하면 한 마리 주겠소
　　가난한 계집은 잠시 생각에 잠겼다
　　품 팔러 간 사내의 얼굴이 떠올랐다

　　저녁 밥상에 굴비 한 마리가 올랐다
　　─웬 굴비여?
　　계집은 수수밭 고랑에서 굴비 잡은 이야기를 했다
　　사내는 굴비를 맛있게 먹고 나서 말했다
　　─앞으로는 절대 하지 마!

수수밭 이랑에는 수수 이삭 아직 패지도 않았지만
소쩍새가 목이 쉬는 새벽녘까지
사내와 계집은
풍년을 기원하며 수수방아를 찧었다

며칠 후 굴비장수가 다시 마을에 나타났다
그날 저녁 밥상에 굴비 한 마리가 또 올랐다
―또 웬 굴비여?
계집이 굴비를 발라주며 말했다
―앞으로는 안 했어요
사내는 계집을 끌어안고 목이 메었다
개똥벌레들이 밤새도록
사랑의 등 깜박이며 날아다니고
베짱이들도 밤이슬 마시며 노래 불렀다

―「굴비」 전문, 시집 『벙어리장갑』(문학사상사, 2002)

삼동(三冬)에도 웬만해선 눈이 내리지 않는
남도(南道) 땅끝 외진 동네에
어느 해 겨울 엄청난 폭설이 내렸다

이장이 허둥지둥 마이크를 잡았다
—주민 여러분! 삽 들고 회관 앞으로 모이쇼잉!
눈이 좆나게 내려부렸당께!

이튿날 아침 눈을 뜨니
간밤에 또 자가웃 폭설이 내려
비닐하우스가 몽땅 무너져내렸다
놀란 이장이 허겁지겁 마이크를 잡았다
—워메, 지랄나부렀소잉!
어제 온 눈은 좆도 아닝께 싸게싸게 나오쇼잉!

왼종일 눈을 치우느라고
깡그리 녹초가 된 주민들은
회관에 모여 삼겹살에 소주를 마셨다
그날 밤 집집마다 모과빛 장지문에는
뒷물하는 아낙네의 실루엣이 비쳤다

다음날 새벽잠에서 깬 이장이
밖을 내다보다가, 앗!, 소리쳤다
우편함과 문패만 빼꼼하게 보일 뿐
온 천지(天地)가 흰눈으로 뒤덮여 있었다

하느님이 행성(行星)만 한 떡시루를 뒤엎은 듯

축사 지붕도 폭삭 무너져내렸다

좃심 뚝심 다 좋은 이장은

윗목에 놓인 뒷물대야를 내동댕이치며

우주(宇宙)의 미아(迷兒)가 된 듯 울부짖었다

─주민 여러분! 워따, 귀신 곡하겠당께!

인자 우리 동네 몽땅 좃돼버렸쇼잉!

─「폭설」 전문, 시집 『손님』(황금알, 2006)

한 모숨 한 모숨 모를 심듯

나는 시를 쓸 때 국어사전을 많이 찾아본다. 뻔히 아는 말인데도 그 뜻과 결이 긴가민가할 때가 많다. 이런 버릇은 벌써 오래전부터 길이 나기 시작했었던 것 같다. 꼭 말을 새로 배우는 아이처럼 낱말 하나하나는 물론이요 주술관계도 아리송해질 때가 점점 많아지는 것이었다. 심한 건망증이거나 치매 1단계 증상이겠거니 할 때도 있지만 가만히 생각해보면 꼭 치매와 연관되는 것 같지는 않다. 40년 전의 군번 254885도 기억하고 대학 학번은 물론 주거래 은행의 계좌번호는 물론 주민등록번호도 말짱하게 기억하고 있으니까 말이다.

모가 파랗게 자라는 못자리와, 모내기하여 논물이 찰랑대는 논을 바라볼 때 느끼는 충만감은 형언할 수 없는 그 무엇이다. 그 무엇! 흔히 예전부터 마른 논에 물 들어가는 것과 제 새끼 입에 밥 들어가는 모습이 최고의 기쁨이라고 했는데, 아닌 게 아니라, 윤문자 시인이나 박건한 시인은 아예 '벼'와 '사람'을 동일시하는 의식을 지니고 있다니 놀라웠다. 그들에게는 상투적인 화법이었을지 몰라도 내 귀에는 벼락 소리처럼 들렸다. 곁에 사람들이 그냥 평범하게 나누는 대화도 어떤 경우에는 하나의 시적 직관으로 파고든다. 남편 병수발한 이야기를 짙은 충청도 사투리로 말하는 윤문자 시인이 "쓰러진 벼 일으켜 세우듯" 했다고 했을 때 나는 깜짝 놀라 눈물이 날 뻔했다.

1

지난 초여름

서산 갔을 때 만난

윤문자 시인이

십년 동안 남편 병 수발한 이야기를 했다

―쓰러진 벼 일으켜 세우듯 했지라우

지난 늦가을

고산 유적지를 찾아 해남 갔을 때

박건한 시인이 말했다

―여기는 해남 윤씨 못자리 해놨당께

2

모가 쑥쑥 자라는 못자리도

한 모숨 한 모숨 모내기한 논도

잘된 집안의 족보처럼

위아래 가로세로 반듯하다

소낙비와 뙤약볕이 번갈아 들면

논도랑 미꾸리도 살이 오르고

잘 여문 벼이삭이

서로서로 볼을 비비며

메뚜기 수염에 간지러워 깔깔 웃는다

어린놈 입에 밥 들어가듯

마른 논에 물 들어가듯

좋아 좋아 다 좋아

허아비도 갈바람에 덩실춤을 춘다

—「벼」 전문, 시집 『시집보내다』(문학수첩, 2014)

고산 윤선도 문학축제가 열리는 해남에 갔을 때 박건한 시인이 해남에는 해남 윤씨들이 많다면서 "못자리 해놨당께"라고 말했다. 그야 물론 해남 윤씨 집성촌이 많다는 말이었지만 나는 그 이야기를 남다르게 들었다. 농경민이었던 우리 민족의 유전자 속에 흐르는 사람과 곡식, 그중에서도 쌀농사와 사람의 목숨 사이에 이어져 있는 선험적인 끈이 아직도 이렇게 시퍼렇게 살아 있다는 사실을 새삼 깨닫게 되었던 것이다.

그렇다. 자연과 인간, 식물과 동물이 다 같은 것이다. 미꾸리도 메뚜기도 벼이삭도 다 우리의 눈, 코, 입, 귀다. 허아비가 바로 내 얼굴이다.

'모숨'이나 '허아비' 같은 우리말을 나는 좋아한다. 순 우리말은 그 안에 시적인 숨과 결을 자체적으로 지니고 있다.

눈 오시는 날
밖을 가만히 내다본다
넉가래로 눈 치우느라 애를 먹겠지만
그거야 다음 일이다
그냥 좋다
눈을 맞는 소나무가 낙낙하다
대추나무는 오슬오슬 좀 춥다
대각선으로 날리던 눈발이
좀 전부터 허공에서부터 춤을 추듯
송이송이 회오리치며 쏟아진다
ㅅㅅㅅ, ㅎㅎㅎ, 소란스레 눈소리 들린다
메숲진 앞산 보이지 않는다
낮결 내내 함박꽃처럼 내리는 눈을

그냥 무심히 내다본다

눈길에 운전하느라 애를 먹겠지만

그거야 다음다음 일이다

그냥 좋다

눈 오시는 날

—「눈 오시는 날」 전문, 시집 『시집보내다』(문학수첩, 2014)

지난 세밑에

원서헌에서 초등학교 동창회를 했다

다늙은이들 열댓 명이 모여

염소전골에 소주를 과하게 마셨다

혀 꼬부라진 소리로

흘러간 노래도 부르고

얘! 쟤! 하며

60년 전 초등학생으로 순간이동도 했다

잎 다 진 나뭇가지 바람에 울듯

다들 알딸딸해졌을 때

방학리에서 과수원을 하는 허남천이가

내가 사는 원서헌에는 겨울이면 눈도 많이 내린다.
그야말로 잣눈이 쌓이면 멧돼지와 고라니가
연못가에까지 내려와서 뛴다. 뛰는 것을 직접 보는 일은 드물고
아침이 되어 그 발자국을 본다.

내 손을 툭 치며 말했다

─고마워!

원서헌에서 인터뷰하는 나를

얼마 전에 TV에서 봤단다

─고맙고 말고지!

나는 술이 확 깼다

사과가 탐스러운 그의 과수원을 보면서

나는 좁쌀만큼이라도

고맙다는 생각이 났던가

그날 동창회비가 3만원인데

10만원 희떱게 내면서

우쭐한 나는

─「동창회」 전문, 시집 『시집보내다』(문학수첩, 2014)

눈 내리는 날을 설일(雪日)이라 하고 그 풍경을 설경(雪景)이라고 하지만 눈에 관한 우리말은 하도나 많아서 그 오밀조밀한 뜻에 혀와 귀가 다 간지러울 정도이다. 가랑눈, 가루눈, 그믐치(음력 그믐께 내리는 눈이나 비), 길눈(한 길이 될 만큼 많이 쌓인 눈), 눈꽃, 눈발, 눈보라, 눈안개, 함박눈, 가락눈, 싸락눈, 도둑눈, 숫눈(아무도 밟지 않은 눈), 잣눈(한 자나 내린 눈)도 있고 우리말은 아니지만 한자어로는 설이(雪異,

사람이 다닐 수 없게 엄청나게 내리는 눈, 때 아니게 내리는 눈)라는 말도 있다.

내가 사는 원서헌에는 겨울이면 눈도 많이 내린다. 그야말로 잣눈이 쌓이면 멧돼지와 고라니가 연못가에까지 내려와서 뛴다. 뛰는 것을 직접 보는 일은 드물고 아침이 되어 그 발자국을 본다.

아직도 나한테 어린 구석이 남아 있는지 눈 내리는 날이면 공연히 마음이 들뜨기도 하고 대책 없이 그냥 좋을 때가 많다. 하염없이 눈 내리는 풍경을 보고 있으면 내 마음도 어느새 동심에 물들어버리는 것이다. 눈이 막 내리는 소리를 ㅅㅅㅅ, ㅎㅎㅎ라고 표현한 것은 좀 장난기가 있는 것이기는 해도 정말이지 눈 내리는 광경이 철부지 아이들의 놀이판 모양으로 아주 소란스러울 때도 있다. 모음은 다 버리고 자음만으로 ㅅㅅㅅ, ㅎㅎㅎ 내리는 눈은 참으로 볼만하다.

초등학교 동창이 TV에 나온 나를 보고 "고맙다"고 말했을 때 느낀 감동과 부끄러움도 이러한 설경을 배경으로 오간 대화였기 때문에 가능한 일이었을 것이다. '다저녁때'라는 말이 있는 것처럼 '다늙은이'라는 말도 있음직해서 이 말을 썼는데 모니터에 자꾸 붉은 밑줄이 생긴다.

시인아
넌 사랑하는 것도 배울까?
다 쓴 치약 짜듯

영혼은 그렇게 쥐어짜는 게 아냐

넌 숨쉬는 것도 배울까?

달이 질 때

그냥 지듯

억새가 제 몸을 하얗게 버리는 것처럼

소멸하는 소리 들릴 때

한 편의 시는

저 혼자 오롯하다

따로 할 말 없는

눈썹의 말 한 마디

잘 가라

흔드는 흰 손 안에서

한 편의 시는

저 혼자 잠든다

—「시」 전문, 시집 『시집보내다』(문학수첩, 2014)

미당(未堂)은 첫 아들을 낳고

바다에 빠진 구슬을 건지려고

됫박으로 바닷물을 품어내는 아이와 같이

어리석게 살더라도 정성을 다하라는 뜻으로
'승해(升海)'라고 이름을 지었단다
참, 어리석기는!

안동에 있는 이육사문학관에 갔을 때
육사(陸史)의 딸 이름이 '옥비(沃非)'라는 걸 처음 알았다
기름지게 살지 말라는 육사(陸史)의 뜻이 담겼단다
문전옥답 노비에게 노나준
서릿발 같은 가문(家門)이렷다?
나, 참!

한말들이 두해(斗海)는 놔두고!
어여쁜 옥비(玉妃)나 옥비(玉臂)도 있는데!
나, 원, 참,
둘 다 좀 바보야?

—「이름에 관하여」 전문, 시집 『시집보내다』(문학수첩, 2014)

우리는 너무 빨리 사랑을 하고
너무 빨리 이별을 하네

논꼬 보러가는 늙은 농부처럼

미꾸리 잡아먹던 두루미가

문득 심심해져서

뉘엿뉘엿 날아가는 것처럼

사랑하고 이별할 수 있다면!

솔개가 병아리 채가는 것처럼

쏜살같이 빠르게는 말고

능구렁이가 호박넌출 속으로 숨듯

허수아비 어깨에 그림자 지듯

느려터지게는 말고 그냥 느리게

한 평생이라야

구두끈 매는 것보다 더 금방인데

우리는 너무 빨리 이별을 하고

너무 빨리 사랑을 하네

이메일 메시지야

한 손가락으로 단숨에 지울 수 있지만

수많은 새벽과 노을녘은

눈썹처럼 점점 또렷해지는데

메뚜기 떼 호드득호드득 뛰는

고래실 고마운 논배미를

무심히 바라보는 것이
꾀 중에서는 제일인데 말이지

—「꾀」 전문, 시집 『시집보내다』(문학수첩, 2014)

박분필 시인의 동화집 『홍수와 땟쥐』를 보다가 책 겉장에 『독서술』의 저자인 프랑스 평론가 에밀 파게의 말이 소개되어 있는 것을 보았다.

—독서의 첫째 법칙은 천천히 읽어야 하는 것입니다.

아무렴. 나는 그에 대하여 잘 모르지만 요즘의 내 문화의식을 잘 대변하고 있다는 생각이 문득 든다. 요즘 세상이 너무 빠르게 돌아간다. 아니, 굴러간다. 세상에 치여서 교통사고 당할 것 같다. 좀 천천히 조용조용 다닐 수는 없는 것일까. 무시무시하게 변해가는 세상에 아무 생각 없이 그냥 올라타면 '속도(速度)' 하나야 즐길 수 있겠지만 문화의 여러 가지 모습을 제대로 이해할 수는 없을 것이다. 오히려 시대와 역행하여 반대방향으로 걸어가다 보면, 언젠가는 달집 태우던 정월대보름 놀이도 다시 할 수 있고 연날리기하던 소년시절로 돌아가 목화로 실 자아서 벙어리장갑을 뜨던 엄마와 누나의 아랫목으로도 갈 수 있을 것이다. 자꾸자꾸 천천히 가다보면 황진이와 춘향이도 만날 수 있고 서동과 선화공주가 데이트하는 모습도 볼 수 있을지 모른다. 타임머신을 타고 날아가는 게 아니라 오히려 느릿느릿 천천히 가는 것이니까 몇 광년 동안이 걸리겠지만 말이다.

미당(未堂)이 큰아들 이름을 한 됫박 바닷물 승해(升海)라고 지은 뜻은 참으로 대단하다. 한말들이 두해(斗海)가 아니라, 한되들이 바닷물이라니! 이육사문학관에 갔을 때 육사(陸史)의 딸 이름이 옥비(沃非)라는 사실을 알고 심히 놀란 적이 있다. 그곳 관장에게 연유를 물었더니 비옥(肥沃)하게 살지 말라는 뜻으로 딸 이름을 그렇게 지었다는 것이었다. 나는 혀를 끌끌 찼다. 육사(陸史)의 서릿발 같은 굳은 자세, 시대와 민족을 조망하는 높은 뜻을 가슴 깊이 새길 수 있었다. 바닷물을 됫박으로 퍼내는 정성으로 세상을 살라는 미당(未堂)이나 이웃과 나누면서 늘 가난하게 세상을 살라는 육사(陸史)나 둘다 참 대단한 분들이다. 그래서 나는 시에서 "둘 다, 좀, 바보야?"라고 했다.

시의 비밀

물론 내 시의 비밀은 있다. 그런데 그 비밀이 무엇인지 나도 잘 모른다. 시의 비밀에도 무슨 등급이 있다면, 아마 특급 비밀이나 1급 비밀은 나도 모르니까 밝힐 재주가 없다. 그냥 3급에나 간신히 해당하는 그렇고 그런 고백을 가리켜서 소위 '시의 비밀'이라고 하는 것은 아닐까. 내가 정리하는 이 글은 다 위장고백일지도 모른다. 위장이기는 해도 거짓말탐지기로는 발각될 수 없는 일종의 완전범죄에 해당하는 허구이므로 그것이 오히려 진실과 어느 정도는 일치될 수도 있을지도 모른다. 특급 비밀은 시인 혼자만 선험적으로 알고 있을 것이다. 이 말은 모른다는 말과 그 의미가 동일하다. 그런 것을 가리켜서 흔히 '운명'이라고 부를 것이다.

젊은 날의 내 시 가운데 「굴뚝소제부」라는 작품이 있다. 중앙일보 신춘문예에 당선되어 시단에 얼굴을 내민 1967년 대학신문에 발표했던 작품이다. 그 작품 첫머리는 "수은주의 키가 만년필촉만큼 작아진 오전 여덟시/ 싱그의 드라마를 읽으려고 가다가 그를 만났다"라고 되어 있다. 영미 희곡 시간에 아일랜드 극작가 싱그의 「바다로 가는 기사들Riders to the Sea」을 배울 때였다. 나는 그때 홍릉에 있는 고종사촌형님 집에서 조카들의 공부를 봐주면서 공밥을 먹으며 간신히 대학을 다니고 있었다.

「굴뚝소제부」는 싱그의 비극적인 작품의 음산한 기운과 당시 궁핍했던 나의 대학생활과 뒤죽박죽이 된 연애의 고통이 묘하게 어울려 나타난 작품이다. 얼마 전 옛 작품을 펼쳐보다가 "수은주의 키가 만년필촉만큼 작아진 오전 여덟시"라는 구절을 보고 참 이상한 기분이 들었다. 50년이 다 돼가는 과거의 풍경이 와르르 무너지며 나를 덮쳤다. 어떻게 수은주와 만년필촉을 연결할 엉뚱한 생각을 했을까. 그래서 이번 봄에 나온 나의 아홉 번째 시집 『시집보내다』의 맨 앞에 실린 시 「비백(飛白)」에서 "만년필촉의 비유를 쓴/ 젊은 날의 내가/ 나 같지 않다"라고 고백했다. 나와 나 사이의 아득한 시간을 새삼 깨닫고 숙연해졌기 때문이다.

이런 황당한 비유는 그 당시 시단에서는 아무도 엄두를 못내는 일탈과 반역의 수법이었을 것이다. '시는 시답게 써야한다'고 다들 믿고 있었고 아마도 나 역시 은연중 그러한 못된 관습에 젖어 있었을 것이다. 또 이 시에는 '은이후니'라는 정말 말도 안 되는 말이 반복해

서 나타나면서 어떤 울림을 자아내고 있는데, 이것은 이 세상의 언어
로서는 표현할 길 없는 나의 절실한 정서를 내 딴에는 불립문자처럼
표시하고 싶은 절망에서 나온 결과였을 것이다. 나는 그 당시 시보다
는 소설이나 다른 글을 열심히 읽는 학생이었다. 시인들의 시가 하나
도 마음에 들지 않았다. 너무 뻔한 수사법으로 번드르르하게 분칠을
한 시들이 판을 치고 있었다. 이런저런 생각이 어울려서 허공으로 팔
뚝질하듯 멋대로 쓰고 싶은 생각이 간절했었는지도 모른다.

　한창 나이일 때라 하늘 높은 줄 모르고 하는 소리였겠지만 나는
그때 우리 시단에서 '시'를 제대로 알고 쓰는 시인은 미당 한 명뿐이
라는 생각을 늘 했다. 대학에서 배우는 엘리엇이나 예이츠, 딜런 토
머스 같은 시인에 비하면 우리나라 시인은 수사법도 시의식도 결여
된 저급의 무리였다. 그러니까 나는 시단의 '시인'들과는 전혀 다른
시를 쓰지 않으면 새로 태어난 시인으로서의 값어치가 전무하다는
생각에 빠져 있었다.
　시를 쓰면서는 오히려 소위 말하는 '시'의 굳어진 틀을 거부하고
서사적인 낌새를 멋대로 집어넣는 걸 즐겼다. 「굴뚝소제부」나 「라라
에 관하여」는 당시로서는 아무도 손 안댄 새로운 반역의 수사법이었
는데 이렇게 된 이유는 당시의 이른바 '시'라는 것들이 지닌 아주 식
상할 정도의 고리타분한 수준에 저항하고 싶은 생각에서 였다. 많은
시인들이 시를 발표하고 있었지만 내 눈에는 도대체 시 같은 작품은

찾을 수가 없었다. 그럼 지금의 우리 시단은? 에라. 나는 모른다. 잘 아는 사람들 많지 않은가. 그 사람들한테 물어보면 되겠다. 젊은 날의 나는 시인이면서도 시인을 가장 싫어하는 참 이상한 시인이었다. 그럼 지금의 나는? 에라. 정말 모르겠다.

다만, 지용, 백석, 미당 정도가 아니고는 정녕코 시인이 아니라고 굳게 믿었던 젊은 날의 나는 아직 살아 있다.

친구들이 나한테 이런 말을 곧잘 했다. 왜 너는 시는 소설같이 쓰고 소설은 시같이 쓰느냐고. 소설은 이 세상과 맞서는 대결의 수단이었고 시는 이 세상과 화해하는 대화의 수단 아닌가. 그러므로 소설은 피비린내 나는 투쟁의 언어로 써야 하건만 그걸 시적인 언어로 쓰다니!「맘마와 지지」「아가의 말」「저녁연기」「달맞이꽃」 같은 소설은 지금 읽어보아도 소설이라기보다는 아주 긴 시 같다는 느낌이 든다. 실패한 소설가. 실패한 시인. 나는 아무래도 양쪽 실패를 다 겸비한 양수겹장에 몰린 패장이 되었지 싶다. 아아. 내 팔자야.

우리가 세상 살아가는 서사적인 이야기의 틀 속에 숨어 있는 시적인 일렁거림이 내 눈에 띌 때가 아주 많다. 그야말로 사람과 사람 사이에서 수많은 시의 씨앗이 움트고 있다. 특히 문인들이 살아오면서 남긴 이야기 속에는 그냥 단순한 일화이면서도 아주 재미있는 시적 구조가 고목에 버섯 자라듯 오롯하다. 그런 것들이 한 편의 시로 태어나서 다시 숨을 쉬는 순간들이 내 눈에는 아주 잘 보인다. 내가 잘은 모르지만, 그래서 그것들을 대상으로 시를 쓴 적은 없지만, 흔히 알려져 있는 박용래, 김종삼, 천상병이 남긴 말도 안 되는 엉터리 일화들은 시인들이 시입네 하면서 쓰는 시보다도 더 알짜 시일지도 모른다.

나는 평소에도 시를 모르는 소설가, 소설을 모르는 시인을 인정하지 않는다. 시인과 소설가는 서로 대립적인 인격이 아니다. 서로 융합하고 보완하면서 이 세상의 모든 것을 담아낼 수 있는 용기를 찾아서 목숨을 바치는 것이다. 어느 시인이 1급인지 알려면, 그에게 소설을 한 편 써보라고 하면 금방 안다. 아니, 소설이 아니라도 된다. A4 한 장 분량의 산문을 써보라면 금방 안다. 국어사전에 버젓이 있는 낱말의 뜻도 깜깜하고 문장의 주술관계도 엉망인 '시인'들이 얼마나 많은가. 그러면서도 해체다 환경이다 민중이다 통일이다 잘도 한다. 에잇!

「시인과 소설가」는 젊은 시절 김동리와 서정주가 주고받았다는 이야기를 밑그림으로 삼았다. 문단에 심심찮게 구전되어 오는 웃기는 이야기이지만 그 안에 마주보는 시인과 소설가의 얼굴이 마냥 맛깔스럽다.

어느 날 거나하게 취한 김동리가
서정주를 찾아가서
시를 한 편 썼다고 했다

시인은 뱁새눈을 뜨고 쳐다봤다
—어디 한번 보세나
김동리는 적어오진 않았다면서
한번 읊어보겠다고 했다
시인은 턱을 괴고 눈을 감았다

—꽃이 피면 벙어리도 우는 것을……
다 읊기도 전에
시인은 무릎을 탁 쳤다
—기가 막히다! 절창이네그랴!
꽃이 피면 벙어리도 운단 말이제?
소설가가 헛기침을 했다
—'꽃이 피면'이 아니라, '꼬집히면'이라네!
시인은 마늘쫑처럼 꼬부장하니 웃었다
—꼬집히면 벙어리도 운다고?
예끼! 이사람! 소설이나 쓰소
대추알처럼 취한 소설가가
상고머리를 갸우뚱했다
—와? 시가 안 됐노?

그 순간

시간이 딱 멈췄다

1930년대 현대문학사 한 쪽이

막 형성되는 순간인 줄은 땅띔도 못하고

시인과 소설가는

밤샘을 하며

코가 비뚤어졌다

찰람찰람 술잔이 넘쳤다

—「시인과 소설가」 전문, 시집 「시집 보내다」(문학수첩, 2014)

2013년 여름, 어느 잡지에 김동리 탄생 100주년 기념특집 '다시 보는 김동리의 문학세계'가 나왔다. 거기에 소설가 서영은이 쓴 「김동리와 나」라는 글이 있었다. 그 글이 어찌나 살갑고 재미있는지 나는 단숨에 읽었다. 소설가가 쓴 글이라서 적당한 서사와 비약과 알맞은 과장이 섞여 있었다. 맨 마지막 부분.

젊은 아내가 남편을 어떤 호칭으로 부를지 몰라 우물쭈물하는 것을 보고, 그가 말했다. "서방님이라고 불러." 그의 표정이 농담처럼 보였으므로, 나도 재미로 그를 '서방님'이라고 불러보았다. 그런데 나중에 두 사람만 있을 때는 재미가 아주 더해서 으레 그렇게 불렀다. 나는 그가 너무 오래 일을 하고 있으면, 그 뒤로 가서 허

우리가 세상 살아가는 서사적인 이야기의 틀 속에
숨어 있는 시적인 일렁거림이 내 눈에 띌 때가 아주 많다.
그야말로 사람과 사람 사이에서
수많은 시의 씨앗이 움트고 있다.

리를 넌지시 끌어안으며, '서방님' 하고 입속으로 조그맣게 불렀다. 그는 허리를 껴안긴 채 "하고 싶나? 할까?"라고 대꾸하며, 여전히 하던 일을 계속했다.

"하고 싶나? 할까?" 이 부분을 읽다가 터져나오는 웃음을 참을 수가 없었다. 아하, 이게 바로 시다! 그래서 「시인과 소설가」라는 시를 또 한 편 쓰게 되었다. 어느 잡지사로 이 시를 보내면서 작품 속에 실명이 나오는데 괜찮은지 모르겠다는 말을 가볍게 했다. 한참 후에 전화가 왔는데, 마침 그 잡지에서도 김동리 탄생 100주년 특집을 하기 때문에 내 시를 게재하기가 어렵다면서 다른 작품을 보내달라는 것이었다. 퇴짜를 맞은 것이다. 나 원 참. 다들 참말 점잖고 또 점잖고나. 이러니까 시단이고 잡지고 시인이고 평론가고 다 개판이지 뭐!

김동리와 서영은의 관계에 대하여 다들 쑥떡공론도 많았지만, 나도 내 또래 소설가인 서영은과 살아 있는 문학사와도 같은 김동리가 같은 호적에 올라 부부가 되는 것이 참 어처구니가 없다는 생각을 마음 한편으로는 안 한 것도 아니었지만, "하고 싶나? 할까?"라는 '김동리의 대꾸'를 읽으면서 이 두 사람의 로맨스가 정녕 아름답다는 생각을 지울 수가 없었다. 그 글은 한 편의 손바닥 소설 같았다.

새 시집을 묶으면서는 나는 아예 한술 더 떠 제목을 「할까?」라고 고쳤다. 서영은에게도 시집을 보내주었다. 시집 잘 받았다는 대꾸는 아직 안 왔지만, 내 시를 읽고 무릎 치고 있을 테지, 암.

뜰에 활짝 핀 목백일홍이

닭벼슬처럼 빛나는 오후

낮달보다 더 하얀 화선지에

귀거래사(歸去來辭)가 휘날렸다

혼자서 큰 집 보는 아이처럼

심심해진 서영은이

동리의 허리를 안으며 속삭였다

―서방님

그는 벼루에 붓을 놓았다

―하고 싶나? 할까?

그 순간 서영은은

이 세상 하나뿐인

절세(絶世)의 시인이 되었다

― 「할까?」 전문, 시집 『시집 보내다』(문학수첩, 2014)

「지훈유감(芝薰有感)」을 쓰면서는 시의 스승을 욕되게 하는 게 아 닐까 주저도 있었지만 내가 들은 그대로를 옮겨 적으면서 지훈을 기 리는 나만의 방식을 스스로 견지하고 싶었다. 지훈을 그리워하는 나 의 마음이 아득한 저승 저쪽까지 들리도록 나는 소리치고 싶었던 것

일까. 지지난해 가을 남양주시 마석역 광장에서 지훈 흉상을 제막한
다고 연락이 와서 가게 되었다. 그런데 전철을 잘못 갈아타는 바람에
반시간이나 지각을 하게 되었다.

마석역에 도착했는데 분위기가 썰렁했다. 알고 보니, 지훈의 흉상
을 마석역에 세우는 것을 노조인지 다른 문인단체인지 어딘가가 반
대를 해서 제막식 자체가 무산된 것이었다. 마석에 지훈의 묘소가 있
으니까 그걸 연유로 해서 흉상 건립을 계획한 것이라는데, 세상만사
희한하고 더럽고 배배 꼬인다는 말이 새삼 실감났다. 거기서 지훈 선
생의 둘째아드님을 만나서 인사를 나누었다. 울적한 심사를 달래면
서 우리는 전철을 타고 청량리역으로 돌아왔다. 누가 먼저랄 것도 없
이 술집으로 들어갔다. 소주에 막걸리에 대취했는데 나는 그때 이
시, 「지훈유감(芝薰有感)」을 그에게 읽어주었다. 나는 목이 메었다.
그도 눈시울을 붉혔다.

한 학기에 잘해야
예닐곱 번 강의실에 들어오는 지훈이
어느 날 심각한 표정으로 말했다
―내가 왜 조지훈인지 알아?
학생들이 암말도 안하면
그는 껄껄 웃으면서 말했다
―조지 훈훈해서 조지훈이야!

강의실은 그 순간

웃음바다가 됐다

이내 아득한 시간이 흘러가며

혜성이 대기권을 돌파하는

적막한 소리가 넘쳤다

혜성이 지구와 충돌하면

훈훈한 사타구니도

얼굴 붉히는 여학생도

다 파투다!

학생들은 너나없이

문득 지구의 낭떠러지에

홀로 서 있다는 생각이 들었다

시인이다 지사다 선비다

모두들 지훈의 문장에 열광했다

헹가래를 치면서

지훈! 지훈! 했다

그러나 위로 던져 올렸다가

떨어지는 그를

아무도 받지 않았다

아, 1968년 5월 17일

지훈이 세상을 떠난 날

지구는 멸망했다

—「**지훈유감(芝薰有感)**」 전문, 시집 『**시집 보내다**』(문학수첩, 2014)

'애늙은이'라는 말은 있는데
'늙은이애'라는 말은
왜 없을까

콩팔칠팔
흘리고 까먹고
천방지방 하동하동
나는 나는
늙은이애!

'늙은이애'라는 말을
국어사전에 등재는 하지 않고
국립국어원은
낮잠 주무시나?

2015년 9월
오탁번

작가수업 오탁번 병아리 시인

초판 1쇄 인쇄 2015년 9월 4일
초판 1쇄 발행 2015년 9월 10일

지은이 오탁번
펴낸이 김선식

경영총괄 김은영
마케팅총괄 최창규
책임편집 백상웅 **디자인** 문성미 **마케팅** 이상혁
콘텐츠개발2팀장 김현정 **콘텐츠개발2팀** 임지은, 백상웅, 문성미
마케팅본부 이주화, 이상혁, 최혜령, 박현미, 이소연
경영관리팀 송현주, 권송이, 윤이경, 임해랑

펴낸곳 다산북스 **출판등록** 2005년 12월 23일 제313-2005-00277호
주소 경기도 파주시 회동길 37-14 3, 4층
전화 02-702-1724(기획편집) 02-6217-1726(마케팅) 02-704-1724(경영관리)
팩스 02-703-2219 **이메일** dasanbooks@dasanbooks.com
홈페이지 www.dasanbooks.com **블로그** blog.naver.com/dasan_books
종이 한솔피엔에스 **출력·인쇄** 갑우문화사 **후가공** 이지앤비 특허 제10-1081185호

ISBN 979-9-11-306-0603-3 (04810)
(세트) 979-11-306-0481-7

• 책값은 뒤표지에 있습니다.
• 파본은 구입하신 서점에서 교환해드립니다.
• 이 책은 저작권법에 의하여 보호를 받는 저작물이므로 무단 전재와 복제를 금합니다.
• 이 도서의 국립중앙도서관 출판시도서목록(CIP)은 서지정보유통지원시스템 홈페이지(http://seoji.nl.go.kr)와
  국가자료공동목록시스템(http://www.nl.go.kr/kolisnet)에서 이용하실 수 있습니다. (CIP제어번호 : CIP 2015023964)